Drei Geschichten aus der Welt »Divoisia«

WELTEN
BRUCH

Laura Schiereck

Oliver Alraun

Jessica Arndt

Bibliografische Information der
Deutschen Nationalbibliothek
Die Deutsche Nationalbibliothek verzeichnet diese
Publikation in der Deutschen Nationalbibliografie;
detaillierte bibliografische Daten sind im Internet über
dnb.dnb.de abrufbar.

2. Auflage
© 2019 Divoisia GbR
Herstellung und Verlag
BoD – Books on Demand, Norderstedt
Layout und Umschlaggestaltung
Michael Liebhauser
www.divoisia.de

ISBN: 9783752856705

Mitwirkende

Florian Harloff

Isa Rückemann

Philip Beierbach

Michael Liebhauser

INHALT

»Ich kann nicht mehr. Ich habe es versucht, Freund, doch ich bin gescheitert. Ich wollte meinem Volk Sicherheit schenken, doch die Angst ist stärker, als ich es je sein könnte. Ihr habt uns so oft geholfen... Wo seid ihr in dieser Zeit, in der wir nicht gegen Könige kämpfen, keine Schlachten schlagen oder Monster besiegen müssen? Wo seid ihr, wenn wir gegen etwas bestehen müssen, das wir nicht bekämpfen können? Warum lasst ihr uns jetzt im Stich?«

– aus den Schriften Fürst Lôrath Aramêus Elvîrssons, kurz vor seinem Tod in einem Brief an Rêhdi Îdrinsson

Laura Schiereck

GRAUSAME KÖNIGIN

»Wie eine Trommel.«

Ayva öffnet die Augen, hält dann jedoch inne. »Hm?«

»Es fühlt sich an wie eine große Trommel in der Brust.« Nôra reckt ihr Gesicht dem Himmel entgegen. Ihre Augen sind geschlossen und die Brise lässt ihr Haar im Wind tanzen. Ayva mustert ihre Schwester schweigend. Nôra sieht sie an und ein feines Lächeln legt sich auf ihre Lippen, als sie sieht, dass ihre Schwester noch immer nicht versteht.

»Deine Frage von heute morgen«, sagt Nôra. Das Lächeln bleibt auf ihren Zügen, doch ihre Augen sind müde. Sie sind schon so lange müde. »Du hast gefragt, wie es sich bei mir anfühlt. Die Angst.«

»Und du hast bis jetzt darüber nachgedacht?« Ayva lächelt nun auch. Feine Steine graben sich in ihre Handinnenflächen, als sie sich auf die Mauer vor sich stützt. Nôra zuckt mit den Schultern.

»Wie fühlt es sich denn bei dir an?«

Ayva schluckt trocken. Es gibt in dieser und auch in keiner anderen Stadt ihres Landes einen Menschen, der nicht täglich damit kämpft. Sie alle spüren die Angst. Sie liegt schwer in der Brust und im Bauch und wenn man gehen muss in den Füßen. Sie raubt einem den Atem. Manchmal wird sie ganz leicht. Dann legt sie sich wie ein Schleier über die Augen und macht sie blind.

»Wie ein Fels an meinem Herzen«, antwortet Ayva und löst den Blick von ihrer Schwester, um ihn über die Docks gleiten zu lassen. Obwohl schon so viele geflohen waren, liegen noch immer ein Dutzend Boote in Vêhmenhâven. Doch wie lange noch? Wie lange würden sie der Anordnung ihres Fürsten Folge leisten und hier bleiben, wenn sie genau so gut der Angst nachgeben und fliehen könnten? Was hält sie hier? Der Gedanke daran, was geschieht, wenn sie ihre Treue über Bord werfen und fliehen würden? Es wäre so einfach. Sie könnten einfach eines der Schiffe nehmen. Sie müssten nicht einmal durch den Westwald, der in diesen Tagen so gefährlich ist.

»Komm. Die Köchin wartet«, fordert Nôra sie auf. Sie reißt sie aus ihren düsteren Gedanken und nimmt ihre Hand. Ayva drückt sie leicht. Seit sie denken kann, ist diese Angst da. Sie hatte sie immer begleitet, doch in den letzten Wochen war es schlimmer geworden. Wie eine Welle aus dunklem Wasser begräbt sie die Menschen unter sich. Manche reden von Geistern der Natur, die ihnen so mitteilen, dass sie versagt haben und dass dieses Land nun ohne Menschen leben will. Andere behaupten, dass es ein göttliches Zeichen sei, das ihnen eine neue Heimat verspricht.

»Bald hast du die Sorge ja nicht mehr«, sagt Ayva und Nôra verharrt.

Die Angst frisst sich wie eine Krankheit in jene hinein, die ihr ausgesetzt sind. Es ist egal, wie weit man flüchtet. Vollkommen egal.

Ihre Amme hatte ihnen damals Märchen von einer grausamen Königin erzählt, die ihr Volk folterte und hungern ließ. Sie verbreitete Angst und Schrecken, stahl den Menschen was sie liebten und vergiftete ihre Herzen, so dass sie nach und nach alle daran starben. So ist die große Angst. Sie raubt einem den Atem, den Appetit und dann schleichend, ganz langsam, raubt sie einem das Leben selbst.

»Du bist wütend«, stellt Nôra fest. Ihre fein geschwungenen Brauen berühren sich beinahe in der Mitte. Tiefe Falten ziehen sich durch ihre Stirn. »Was soll ich denn tun?«

»Bin ich nicht«, streitet Ayva ab. Sie schüttelt den Kopf, lässt dann die Hand ihrer Schwester los. »Vater befiehlt es. Was sollst du schon machen?«

»Du bist wütend auf ihn, weil er mich in Sicherheit wissen will?«

Die Ruhe ist vorbei. Das Lächeln ist verflogen und nicht einmal mehr die Erinnerung daran hängt in der Luft. Ayvas Blick verfinstert sich. Ihre Augen funkeln aufgebracht. Die beiden Frauen starren sich an. »Du weißt, dass er dich nur gehen lässt, weil…«

»Ja. Natürlich«, unterbricht Nôra sie. Sie richtet sich auf, schnappt sich den Korb von der niedrigen Mauer und geht in Richtung Burg. »Das Kind. Ich weiß.«

»Fürst Antûr Aramêus Lôrathsson von Vêhmenhâven.«

Die Stimme des Dieners hallt durch den Raum. Starr steht er an der Tür und öffnet sie. Ayva und ihre Geschwister erheben sich, als ihr Vater den Raum betritt. Ihr Blick huscht einen Moment zu Nôra. Sie versucht im Gesicht ihrer Schwester etwas zu finden, das ihr eine Entschuldigung erleichtern würde, doch sie sieht nicht mal zu ihr hinüber. Stur blickt sie ihrem Vater entgegen, beugt dann vor ihm ihr Haupt und lächelt höflich.

»Wie geht es deinem Kind, Tochter?«, fragt der weißhaarige Mann und wartet geduldig, bis Nôra sich wieder aufgerichtet hat.

»Sehr gut, Vater. Ich bin voller Energie und er ist es auch.«

Er nickt und geht einen Stuhl weiter. Darauf sitzt Ayvas Mutter. Sie erhebt sich nicht, nimmt stattdessen einen Handkuss des Fürsten entgegen und sieht ihm dann zu, wie er sich auf dem Platz neben ihr niederlässt. Den Raum erfüllt leises Quietschen, als seine Kinder die Stühle an den Tisch schieben und sich hinsetzen.

Fünf. Fünf seiner Nachkommen sind noch hier. Die anderen fünf hatte er bereits fortgeschickt und nun würde Nôra folgen. Ayva presst die Lippen aufeinander. Die Diener bringen das Essen. Es sind nur noch zwei. Einer war vor wenigen Tagen verschwunden. Zwei mit den Köchinnen vor wenigen Wochen. Die Burg, die ohnehin schon so groß und leer wirkte, ist nun beinahe ausgestorben.

»Ayva, Kind. Ist alles in Ordnung?« Die Fürstin sucht nach dem Blick ihrer Tochter, doch Ayva nickt nur knapp. Ihr Vater beginnt mit Mîrlon zu sprechen, seinem Ältesten. Dieser berichtet leise, dass einige Bauern fortgegangen waren und wie viel Land nun unbearbeitet bleiben würde. Nôra wendet sich ihrer Mutter zu. Noch immer weicht sie Ayvas Blicken hartnäckig aus. Als der letzte Teller serviert wird und die Fürstin sich räuspert, kehrt in der Halle augenblicklich Ruhe ein.

»Wir danken den Göttlichen für das Essen und unsere Gesundheit«, spricht sie und sieht jedem ihrer Kinder ins Gesicht. »Und für die Gesundheit all jener, die wir bald wiedersehen.«

Ayva würde gerne schnauben, um ihrem Unmut Luft zu machen, doch sie hält sich verbissen an die Etikette. Stattdessen murmelt sie einen Dank und greift nach der Gabel. Nicht einmal ihre Mutter glaubt daran, dass die Angst irgendwann wieder gehen würde. Alle fliehen nacheinander. Wer es sich leisten kann, fährt mit den Booten gen Westen, aber das einfache Volk muss den Landweg durch den Westwald wagen.

»Ayva.« Wäre es nicht die Stimme ihres Vaters gewesen, hätte sie den Bissen wohl noch gegessen, doch so legt sie das Besteck beiseite und sieht ihn an.

»Ja, Vater?«

»Ich habe gute Nachrichten für dich.«

Ayvas Magen verkrampft sich. Ihre Hand sinkt unter den Tisch und ballt sich zur Faust.

»Ich sprach heute mit einem Mann, mit dem ich gedenke, dich zu vermählen.« Ein Klirren erfüllt den Raum, als die Gabel ihrer Mutter zu Boden fällt. Sogleich eilt ein Diener herbei, um sie aufzuheben, doch sie winkt ab.

»Sein Name ist Haldîr Ârnonsson.«

Nicht einmal ihre jüngsten Geschwister wagen die aufkommende Stille zu brechen. Ayva spürt sie. Die Welle. Sie spült eiskalt durch den Raum und prasselt hart gegen den Felsen in ihrer Brust.

»Wer..?«, fragt sie mit rauer Stimme.

»Du kennst ihn sicher aus einigen Erzählungen.«

»Ist das nicht...« Nôras Blick huscht nun doch zu ihrer Schwester. Mitleid liegt darin. Sorge. Und Angst. Ständig Angst. »Vater, wird er sie nicht..?«

Die Fürstin starrt ihren Gatten fassungslos an. Doch dieser sieht weiterhin nur zu seiner Tochter.

»Er hat in der Vergangenheit viele Dinge getan, die uns das Leben schwer gemacht haben.«

»Er hat Vêhmenhâvens Bürger überfallen und ermordet.« Nun mischt auch Mîrlon sich ein. Sein Vater wendet sich ihm zu.

»Zweifelst du meine Entscheidung an?«

»Nein... Vater, sorgst du dich nicht um sie? Traust du seinem Wort?« Mîrlons Blick huscht zu seiner Schwester, wird jedoch sogleich wieder von seinem Vater in Beschlag genommen.

»Traust du dem Befehl deines Fürsten?«, donnert er seinem Ältesten entgegen.

»Du hast mich verkauft«, keucht Ayva zwischen den Worten ihrer Familie. Schlagartig wird es still.

Haldîr. Der Räuberkaiser. Derjenige, der sie so viele Schiffe gekostet hatte. Der Mann, der es sich zur Aufgabe gemacht hatte, die Angst auszunutzen, statt sie zu bekämpfen. Er ist es, der den Westwald zu einem solch gefährlichen Ort gemacht und jene überfallen hatte, die voller Furcht geflüchtet waren. Der Fürst steht auf.

»Ich verkaufe niemanden«, sagt er. Seine Stimme ist ruhig, doch die Hand mit der er sich am Tisch festhält zittert. »Wir haben Frieden vereinbart. Ihr seid keine Kinder des niederen Adels - ihr seid meine Kinder. Die Kinder des Fürsten.« Sein Blick ist hart wie der Stein neben ihrem Herzen. »Ayva. Du lebst nicht für dich - du lebst für dein Volk. Ich habe mehr von dir erwartet.«

Eindringlich sieht er sie an. Ernste, blaugraue Augen, in denen seine wallende Aufregung die Panik vor sich hertreibt. Sie ersticken Ayva, ertränken sie in ihren eigenen Gefühlen. Sie richtet sich auf.

»Entschuldigt mich, Vater«, sagt sie. Die Wellen verschlucken all das, was sie ihm gerne gesagt hätte. Mit hängenden Schultern verlässt sie den Raum.

Als die Tür sich quietschend öffnet, wischt Ayva sich über die Wangen. Ein Schluchzen dringt aus ihrer Kehle und das Geräusch vermischt sich mit dem der Schritte. Nôra setzt sich zu ihr auf das Bett und streckt eine Hand nach ihr aus. Vorsichtig umschließen die Finger ihrer Schwester ihre eigenen.

»Es tut mir so leid«, flüstert sie. Ayva schüttelt den Kopf.

»Mir tut es leid«, antwortet sie mit von Tränen erstickter Stimme. »Ich wollte dir nichts unterstellen. Ich...« Nôra unterbricht ihre Schwester, indem sie sie in die Arme schließt. Schweigend verharren die beiden.

»Vater hat Recht«, sagt Ayva dann. »Er tut das nicht für sich.«

»Natürlich nicht. Wenn es nach ihm ginge, würde er Haldîr am nächsten Galgen aufknüpfen«, antwortet Nôra und streicht eine Träne aus ihrem Gesicht. Ayva war nie aufgefallen, wie sehr sie ihrer Mutter glich. Ihre Augen strahlen dieselbe Wärme aus. Schon bedauert sie ihr Verhalten am Esstisch.

»Ich habe Angst«, flüstert sie und presst ihre Lippen aufeinander. »Ich... habe Angst vor ihm.« Nôra nickt.

»Und ich habe Angst um dich. Aber er wird dir nichts tun. Er will dieses Bündnis doch auch.« Ihre Schwester versucht sich an einem aufmunternden Lächeln.

»Hast du die Geschichten über ihn nicht gehört?«, fragt Ayva. Sie sieht in Nôras Gesicht, dass diese genau weiß, wovon sie spricht. »Er hat schon über zwanzig Schiffe gekapert. Und er kontrolliert den Landweg durch die östlichen Wälder. Die Stalljungen erzählen, dass er seine Feinde dort an die Bäume hängt und sie verhungern lässt.«

»Aber das wird er mit seiner Frau nicht tun.« Nôras Lächeln wird rissig, doch sie hält es tapfer aufrecht. »Er wird dich schützen.«

»Und wenn er mich nicht mag?«

»Wie könnte er sich nicht in diesen aufgequollenen Augen verlieren?«

Ein Lächeln steigt in Ayva auf und schafft es, bis auf ihre Lippen zu kriechen.

»Wickel ihn einfach um den Finger«, sagt Nôra und streicht eine Träne von Ayvas Wange. »Lass ihn die Angst vergessen und vielleicht ist er gar nicht so schlimm. Die

Stalljungen erzählen auch von Tiermenschen und von kleinen Geistern, die dir im Wald Streiche spielen. Gib nicht allzuviel auf das, was dir irgendwer erzählt.«

»Vielleicht ist er gar nicht so schlimm«, wiederholt sie und atmet die warme Luft tief in ihre Lungen, um die kalten Wellen zu vertreiben. »Vielleicht.«

*

Sacht streichen Ayvas Finger über die Knospe der Rose, die sich bald öffnen würde. Beinahe schleicht sich ein Lächeln auf ihre Lippen.

»Lady Âramêa?« Die Stimme brennt sich in ihren Geist und vertreibt damit die Angst vor der Angst von ihrem gewohnten Platz.

»Ja?« Sie erhebt sich und dreht sich langsam herum, um ihrem Ehemann ins Gesicht zu sehen. Haldîr ist größer als sie. Sein Haar ist lang wie das eines Seefahrers und er hatte seinen Bart wieder wachsen lassen, nachdem er ihn für ihren letzten Besuch bei ihrem Vater gestutzt hatte. Es ist nun schon wieder Wochen her, dass sie ihre Mutter gesehen hatte... Er kommt näher, greift nach ihrer Hand und haucht einen Kuss darauf. Ayva verkrampft, dann zwingt sie sich zu lächeln.

»Was tut Ihr hier draußen, mein Herr?«, fragt sie und löst ihre Hand aus seinem Griff. Er ignoriert die Geste und hakt sie bei sich unter, um einen Spaziergang durch den geradezu verstörend schönen Garten anzustreben. Sie folgt. Gedanken schießen durch ihren Kopf. Ideen darüber, was er ihr sagen will. Ist ihrer Familie etwas zugestoßen?

»Ich muss...« Er gestikuliert unwirsch mit der freien Hand. »... meinen Gedanken etwas Raum geben. Da drinnen ersticke ich langsam an diesem verdammten Fluch.«

Ayva nickt. Er spürt sie auch. Und auch er fühlt, dass sie einem ganz langsam das Leben nimmt. Schweigen hüllt die beiden Gestalten ein, bis sie einen kleinen Pavillon erreichen. Haldîr hält auf eine Bank zu und setzt sie darauf.

»Um die Wahrheit zu sagen... ich habe nach dir gesucht.«

Ayva blickt zu ihm auf. Er liebt es, sie unter sich zu positionieren. Sie sieht es in seinen Augen. Das Blau darin schlingt sich um den Anblick, der sich ihm bietet. »Ich muss dich etwas fragen.« Ayva sieht in den Garten, hält sich an dem Schönen fest, das ihr so weit entfernt scheint. Die Pflanzen wachsen. Es wird wärmer. Vielleicht besteht Hoffnung für sie alle...

In diesem Moment schnellt Haldîrs Hand vor. Unsanft legt sie sich um ihr Kinn und reißt es zu sich.

Gezwungenermaßen sieht sie ihm in die Augen. Ein Schauer jagt über ihren Leib.

»Hörst du mir überhaupt zu?«, fragt er mit seltsam weicher Stimme. Sie weiß, wie er damit Menschen umgarnen kann. Sie war selbst darauf hereingefallen, als er sie auf die Burg geholt hatte, die ihr Vater ihm zur Verfügung gestellt hatte. Die Burg, dessen ehemalige Bewohner ebenfalls geflohen waren. Sie hatte sich in die blauen Augen verguckt und in der Träumerei verloren, dass dieser gutaussehende Mann nicht den Geschichten entspricht, die sie über ihn bisher gehört hatte. Doch schon in der ersten Nacht, nach den Feierlichkeiten ihrer Hochzeit, war sie schmerzlich belehrt worden.

Ayva hält still. Ihr Herz flattert, pocht hart gegen den Felsen, doch sie versucht nicht, sich ihm zu entziehen.

»Ja, mein Lord«, antwortet sie und zwingt sich, seinem Blick standzuhalten. Haldîr geht langsam in die Knie, lässt sie dabei jedoch nicht los.

»Ich habe gehört, dass deine Zofe versucht hat zu fliehen«, sagt er dann und scheint in ihren Augen nach etwas zu suchen. Er lauert. »Sie wurde gestern Abend von Oskâr eingesammelt, als sie ein Pferd aus dem Stall stehlen wollte.« Ayvas Magen verkrampft sich. Ihr Atem geht schneller. Darauf hatte Haldîr gewartet. Sein Griff wird härter und in seinen Augen geht das Blau in

Flammen auf. Ruckartig drückt er ihr Gesicht von sich. Bedrohlich ragt seine Statur vor ihr auf, während Ayva nicht wagt, ihn anzusehen. Er sieht es. In ihrem Blick.

»Möchtest du mir etwas beichten?« Haldîrs Stimme umkreist sie wie ein Raubtier. »Sieh mich an.«, faucht er dann und erneut schnellt seine Hand hervor, um ihr Kinn zu drehen. Eine Träne läuft ihre Wange hinab und erst fürchtet Ayva, dass ihn das noch wütender macht. Doch sobald er die Träne sieht, lockert er seinen Griff. Geradezu zärtlich streicht er sie von ihrer Haut. Es legt sich gar ein Lächeln auf seine Lippen. Dieses verdammte, bezaubernde Lächeln. Damit hatte er ihren Vater sicherlich auch getäuscht. Ayva unterdrückt ein Schluchzen.

»Es tut mir...«, sagt sie und presst die Worte zwischen ihren Lippen hervor. Er legt seine Hand still darüber und schnalzt tadelnd mit der Zunge. Als er den Kopf schüttelt, legen sich die beiden geflochtenen Zöpfe über seine Schulter. Ayva sucht in seinen Augen nach jener Gnade, die sie von ihm nur so selten erwarten darf. Meist erst, wenn er ruhiger ist, wenn er abends ihr Schlafzimmer wieder verlässt oder wenn er von der Jagd kommt. Als Ayva nach Luft schnappt, löst er die Hand von ihrem Kiefer. Seine Finger berühren noch einmal gar zärtlich ihre Lippen, dann streicht er ihr eine dunkle Strähne hinters Ohr.

»Shh...« Er schüttelt den Kopf. »Ich verzeihe dir. Sieh - ist das nicht großzügig von mir?« Er schiebt seine Hand an den Haaransatz in ihrem Nacken und stiehlt sich einen groben Kuss. »Es ist gut, dass du Angst vor mir hast, liebste Ayva. Vielleicht vergisst du dann alle anderen Ängste. Doch du darfst nie vergessen, was ich dir versprochen habe. Ich werde dein Mann sein, bis der Tod uns voneinander trennt. Und ich schwöre dir, dass ich mein Versprechen halten werde.«

Er hält ihren Blick und sie schmilzt in dem Seinen. Mit bebenden Lippen nickt sie, dann löst er sich von ihr. »Ich habe einen Brief von deinem Vater erhalten.« Er sagt es so nebensächlich, als müsste es sie kaum interessieren. Ayva sieht zu Haldîr auf. Hoffnung liegt in ihrem Blick. Will ihr Vater sie wieder bei sich haben? Schwärze färbt die zuversichtlichen Gedanken. Oder war etwas geschehen? Geht es ihrer Mutter nicht gut - oder Nôras Kind?

»Er will gen Westen ziehen und wir werden ihn begleiten.« Ayva traut ihren Ohren nicht. Erstaunt mustert sie Haldîr. Sie sucht fieberhaft nach dem Haken. »Weißt du... ich schätze die Großzügigkeit deines Vaters, mir dieses Stück Land zu vermachen. Doch seien wir mal ehrlich. Wir wissen beide, dass ich nicht dafür gemacht bin, hier zu verrotten. Ich brauche mal wieder einen Sattel unter und eine Reise vor mir.«

Haldîr lässt den Blick schweifen, dann greift er erneut nach Ayvas Hand.

»Wir reisen übermorgen ab. Sieh zu, dass deine Zofe bis dahin wieder laufen kann.«

*

Das Pferd unter Ayva schnaubt nervös. Obwohl sie die Zügel fest in der Hand hält, bricht es aus ihrer Kontrolle, trabt unruhig auf der Stelle und wirft den Kopf hoch. Schmerzensschreie vermischen sich mit gebrüllten Befehlen. Waffen blitzen in dem Licht der untergehenden Sonne rot auf und ihr Schein spiegelt sich in den Blutlachen am Boden. Mehrere Dutzend Menschen laufen über die Lichtung, werfen die Zelte und Bänke um. Funken sprühen, als ein Mann durch das Lagerfeuer stolpert. Die Flammen lecken an seiner Kleidung, doch er kann sich befreien und in Richtung Waldgrenze davonlaufen. Ihr Pferd wirbelt herum und beinahe wäre Ayva von seinem Rücken gefallen. Jemand greift von unten nach den Zügeln, eine weitere Hand gräbt sich in ihren Oberschenkel. Das Tier unter ihr wiehert schrill und Ayva spürt, wie es nach hinten austritt. Die Hände lassen von ihnen und sie traben durch das Getümmel auf das Zentrum des Chaos zu. Sie merkt nicht, wie sie absteigt, doch plötzlich spürt sie Dreck unter ihren baren Füßen. Ayvas Hand legt sich unruhig auf ihren Bauch. Dann sieht sie Haldîr. Er hält seine Axt in beiden Händen, die er in ausholender Bewegung über dem Kopf führt. Ayvas Blick folgt dem dreckigen Stahl, bis er erst die Hand ihres Vaters zerschmettert und dann in seinen Kopf dringt. Kraftlos fällt sein Körper zu Boden. Flammen verzerren ihre Sicht. Mehr Blut ergießt sich über den Grund. Ayva hört sich schreien und ihr Schrei fließt in den ihrer Mutter. Rot. Blut. Überall...

Ayva schreckt aus dem Traum auf. Immer und immer wieder foltert er sie. Jedes Mal, wenn sie all die Erinnerungen sieht, wird es schlimmer. Erinnerungen an jenen Tag, an dem sie noch so viel mehr verlor als ihren Vater.

Enya, ihre Zofe, hält ihre Hand. Sie trägt die Augenbinde nicht, die tagsüber die leere Höhle verbirgt, in der einst ihr linkes Auge war. Es ist Nacht und in dem Zelt hängt ein modriger Geruch, der auch durch die Rose nicht schwinden will, die Haldîr ihr neben das Bett stellen ließ.

»Milady«, flüstert Enya und fasst sie bei den Schultern. »Lady Ayva. Seid ihr wohlauf?« Ihre Stimme zittert und bricht durch ihr eigenes Wispern hindurch. Ayva nickt verstört. Sie spürt etwas feuchtes an ihrer Hand und sieht an sich hinab. Enya folgt ihrem Blick und beide Frauen keuchen erstaunt auf, als sie das Blut sehen. Es tränkt das Laken unter ihrer Decke. Sofort fasst Ayva an ihren Bauch. Die leichte Wölbung verrät dem aufmerksamen Betrachter mittlerweile, was sie unter ihrem Herzen und dem Felsen mit sich trägt. Doch was war geschehen? Hatte die Angst ihr Kind getötet? Erstarrt betrachtet Ayva ihre zitternden, blutigen Finger. Wieder sieht sie die Finger ihres Vaters, die unter der Waffe ihres Mannes zersplittern. Ein Schluchzen schüttelt ihren Leib und sie wirft die Decke gänzlich zurück. Ihre Füße finden den staubigen Boden. Nichts als festgetretener Dreck. Seit Wochen hatte sie nicht mehr in einem richtigen Bett geschlafen. Immerzu hatte Haldîr seine Männer und sie weiter gen Westen getrieben. Hatte seine Eile nun ihren Tribut gefordert?

»Keine Sorge, Lady Ayva. Es kann vollkommen normal sein«, flüstert Enya, doch sie klingt nicht überzeugt von dem, was sie sagt. Sie könnte eben ihr Kind verloren haben. Vielleicht hatte sie Haldîrs Sohn getötet, noch während er in ihr war. Vielleicht hatte sie das unschuldige Leben eines Kindes - nein... ihres Kindes genommen. Nur weil sie sich vor der Hand seines Vaters fürchtete. Die Erkenntnis ist wie ein Hammerschlag auf den Felsen in ihrer Brust. Er bringt sie zum Beben. Ihre Finger werden kalt.

»Er wird mich töten«, spricht Ayva, noch ehe die letzte Silbe ihrer Zofe verklungen war. »Er wird mir die Schuld geben. Enya... Enya, ich muss hier fort.« Und sie springt auf. Sie hatte so lange die Angst vor Haldîr von der großen Angst in ihrer Brust trennen können. So lange war die Dunkelheit in ihr gewachsen, war ein Teil von ihr geworden, doch es ist dieser Moment, in dem sie der daraus wachsenden Panik erliegt. Anstatt es ihr auszureden, nickt Enya. Sie holt einen Beutel und gemeinsam stopfen sie alles hinein, was ihnen sinnvoll vorkommt. Dann verstauen sie die blutigen Laken in einer Kiste und waschen Ayva das Blut vom Körper. Enya will sie hinter sich aus dem Zelt ziehen, doch Ayva stockt. Eine eisig kalte Wut hat sich in ihren Bauch gelegt.

Sie holt Stift und Papier, während Enya ihr vom Eingang aus zusieht. Nur eine Zeile an den Mann, dem sie bis zu ihrem Tod versprochen ist. Eine Zeile, die ihm vielleicht genug wäre, um nicht nach ihr zu suchen.

Stirb elendig und allein.

Und damit verlässt sie das Zelt. Enya hilft Ayva auf eines der Pferde und schwingt sich dann selbst in den Sattel.

»Egal was passiert, reitet weiter«, sagt sie und nimmt Ayvas Hand, um sie kurz zu drücken. Ayva erwidert die Geste und einen Moment erkennt sie in der ihr so lieb gewordenen Zofe ihre Schwester. Wie dankbar sie ihrem Vater dafür ist, dass er Nôra damals fortgeschickt hatte.

»Du auch. Dreh nicht für mich um«, antwortet Ayva. Dann lösen sie ihren Griff und geben den Pferden die Sporen.

*

Ayvas Herz klopft. Dumpf und schwer folgt sein Schlag dem unsteten Rhythmus ihrer Furcht. Ihre Schwester hatte doch Recht gehabt. Die Angst ist wie eine Trommel. Rasselnd geht ihr der Atem über die Lippen. Ihr Blick huscht umher. Unruhig, wie ein gejagtes Tier. War dort das Geräusch von Schritten? Ayva wirbelt um den Baum in ihrem Rücken herum, sieht den Weg zurück, den sie gekommen war. Dann rennt sie weiter. Hier irgendwo muss das Pferd doch sein.

Ein schmerzerfülltes Kreischen bricht durch die Melodie, die ihr Atem mit den Geräuschen des Waldes geformt hatte. Ihr Fuß stößt hart gegen einen herabgefallenen Ast und sie stolpert, kann sich jedoch abfangen. Ayva verschnauft nicht. Sie sucht die Richtung, aus der das Geräusch gekommen war und rennt. Sie spürt ihre Waden rebellieren und das Stechen, das durch ihren Unterleib zieht. Alles schmerzt. Dann ertönt das Kreischen noch-mals. Schrill und verzerrt. Irgendwo stieben Vögel in den Himmel. Ob Haldîr es auch gehört hat?

Ayva erreicht einen kleinen Abhang. Gerade noch rechtzeitig kann sie stoppen. Das Pferd liegt am Boden. Seine Beine stehen in einem grotesken Winkel vom Kör-per ab. Blut befleckt das Laub am Boden. Gold wird rot. Blut. Ayva wird übel... Sie klettert den Abhang hinab. Sacht legt sie eine Hand auf die Wange des Pferdes. Hek-tisch schnappt es nach ihr, wirft dann den Kopf herum und sein nächster Schrei verhallt in einem erbärmlichen Wimmern.

»Keine Sorge, mein Freund«, spricht Ayva und strei-chelt über das dreckige Fell. Sie muss es töten. Sie muss dafür Sorgen, dass Haldîr ihre Spur nicht findet, wenn er es nicht schon längst getan hatte. Langsam zieht sie das Messer. »Da, wo du hingehst, gibt es die Angst nicht. Vertrau mir...«

Mit einem Streich ist es getan. Röchelnd sinkt der Kopf des Pferdes hinab auf ihren Schoß. Die Augen verlieren ihr Licht, die Muskeln ihre Spannung und es wird still.

Als sie ein Rascheln hinter sich hört, fährt sie herum. Mit zwei Handgriffen löst sie ihren Beutel von dem Sat-tel des Pferdes und springt auf. Ihre Beine wehren sich gegen die Belastung, doch Ayva zwingt sich dazu, zu ren-nen. Stimmen mischen sich in die trübe Atmosphäre des

Waldes. Raue Befehle, tief gesprochene Worte. Sie haben sie gefunden. Ein heiserer Ruf legt sich in ihren Nacken. War das Oskârs Stimme gewesen? Oder ist er im Lager geblieben, um Enya auch das zweite Auge zu nehmen - oder gar ihr Leben? Würde sie nun das selbe Schicksal ereilen?

Hektisch springt sie über einen kleinen Graben, folgt dem ausgetretenen Wildpfad gen Westen. Immer weiter dorthin, wo die Angst verspricht, weniger zu werden. Fest legt sie sich um ihr Herz, presst das Blut heraus und nimmt ihr den Atem. Der Felsen poltert in ihrer Brust, drückt auf ihre Lungen. Sie spürt die eiskalten Wellen in ihrem Leib aneinander krachen. Es kommt ihr vor, als könnte sie schneller laufen, solange sie sich nur von ihrer Heimat weg bewegt. Von den Männern fort, die in ihrem Rücken die Verfolgung aufgenommen haben. Es ist wie ein Rausch. Die Welt verschwimmt vor ihren Augen. Dann, plötzlich, bewegt sich irgendwo in ihrem Augenwinkel etwas. Es zwingt sie, den Blick von dem Pfad vor sich zu lösen

Auf ihrer Höhe rauscht eine Frau durchs Unterholz. Ihr Kopf dreht sich in ihre Richtung. Die fremde Frau scheint umgeben zu sein von wildem, wallendem Haar. Rotblond legt es sich um ihre Züge, lässt sie ungestüm wirken und roh. In ihren Augen tobt ein Sturm. Es ist, als hätte man einen Zauber über sie gelegt.

»Lauf«, spricht sie und das Wort nimmt der Angst Energie. Etwas an dem Weib scheint anders zu sein. Die Aura, die sie umgibt, ihre Augen und ihre Stimme. Als sie wieder nach links sieht und das rote Haar und die Sturmaugen der Frau sucht, ist sie verschwunden. Ayva hört nur das fauchende Surren einer Bogensehne. Sie will sich umdrehen und sehen, was die fremde Frau tut. Sie will beobachten, ob sie den Kampf gegen die Männer gewinnt. Ist sie vielleicht ein Waldgeist? Ein Schutzpatron der Natur, der die Räuber vertreiben würde? Ist sie es, die die Angst über die Menschen bringt, um sie zu vertreiben?

Die Panik raubt Ayva den Verstand. Sie kommt an einen Bach, springt hinüber und bleibt kurz in der sumpfigen Erde stecken. Sorge um ihren Vorsprung kriecht in ihren Kopf. Sie kämpft sich vorwärts, nimmt wieder Tempo auf. Sind die Männer schon hinter ihr? Sie sieht sich eilig um. Die Frau ist fort und ihre Verfolger sind nicht mehr in Sichtweite. Da stolpert sie. Ihr Fußgelenk bleibt an einer Wurzel hängen und ihr Leib wird mit einem harten Ruck nach vorn gerissen. Das Knacken unter ihr kann nur aus dem Gelenk kommen und sogleich spürt sie den stechenden Schmerz, ehe sie einen flachen Abhang hinabrollt. Ihr Kopf schlägt unsanft an einen Stein und Schwärze schleicht sich in ihr Sichtfeld. Nur mühsam bleibt sie bei Bewusstsein.

Mit einem Keuchen richtet sie ihren Oberkörper auf, schleppt sich vorwärts. Sie darf nicht anhalten. Die Angst. Sie zerfrisst sie. Noch im Schmerz, im größten Leid, treibt sie sie voran. Wie die grausame Königin, die ihr Volk verflucht hat. Alle flüchten. Ayva sinkt wimmernd zu Boden. Sie spürt warmes Blut an ihrem Bein. Dies ist ihr Ende. Sie hatte es versucht. Wie so viele vor ihr. Sie hatte versucht, dem Befehl der Königin Folge zu leisten, doch sie hatte versagt. Sie schließt die Augen.

Sie hört Schritte, Stimmen. Ayva öffnet die Augen und erkennt Schuhe vor sich. Die Angst ist allein ein leises Geräusch in ihrem Hinterkopf. Wie ein Schleier kann sie hindurch sehen, jedoch nicht daran vorbei. Es ist warm in ihrer Brust und trocken.

Worte dringen an ihr Ohr, die sie nicht versteht. Nur vereinzelt vermag sie die Bedeutung zu erfassen.

»... Angst... wir müssen...« Ayva spürt Hände an ihrem Körper. Man richtet sie auf, lehnt sie an einen Stein und betastet ihr Bein. Der Rausch macht die Berührungen unwirklich. Wie in einem Traum bewegen sich die beiden redenden Gestalten vor ihr. Die eine ist die wilde Frau. Ihr Haar flirrt wie goldenes Feuer um ihren Kopf. Neben ihr steht ein Mann. Seine Züge sind reifer. Falten ziehen ihre Linien hindurch und doch ist er so schön...

»... Signara!« Der Mann scheint aufgebracht. Während er redet gestikuliert er wild, dann fällt sein Blick auf Ayva. Die Frau streicht sacht über ihre Wange.

»Wir. Helfen. Dir.« Die Worte sind deutlich ausgesprochen. Sanft gleiten sie über die perfekten Lippen. Sie lächelt. Der Mann nicht.

»... Falsche Hoffnung...«, grollt er. Ayva schüttelt den Kopf.

»Nein. Bitte...«, stößt sie hervor. »Bitte lasst mich nicht allein. Lasst sie nicht zu mir kommen.« Die wilde Frau legt zwei Finger auf ihre Lippen, doch Ayvas Blick heftet sich an den Mann. »Bitte... Ich will hier nicht sterben. Sie wird mich finden. Die Angst. Die Königin. Ich...« Kraftlos sinkt sie in sich zusammen.

Tränen verkleben ihre Wimpern, doch sie kann noch erkennen, wie der Mann auf sie zukommt. Er tauscht einen schweren Blick mit der wilden Frau und Ayva erkennt in seinen Augen etwas, was sie noch vor wenigen Momenten selbst gefühlt hatte. Sie sucht nach Gnade. Nach dem Versprechen, dass man ihr Leben verschonen würde. Doch war es nicht auch Gnade gewesen, die ihre Hand eben hatte töten lassen?

Wie ihr Pferd schreit sie, fleht um ihr Leben. Doch vielleicht ist es verwirkt. Vielleicht geht es der wilden Frau und dem schönen Mann um mehr als um das Leben eines einzelnen, unbedeutenden Menschen.

»... Bitte«, bringt sie noch ein Mal hervor, dann greift die Schwärze nach ihr. Die Hand des Mannes legt sich an ihre Schläfe.

»Er wird entscheiden, was du sein wirst. Was ihr sein werdet.«

Sie spürt, wie auch der Rest der Angst in einem fiebrigen Traum versinkt. Ihr Herz wird leichter. Dann spürt sie nichts mehr.

Unter Bevar-Ahns Führung stieg Vardar binnen weniger Jahrzehnte zu einem Groß-reich auf. Wir konnten nicht verhindern, dass sich ihm bis 12'611 fast alle bekannten Länder unterworfen hatten. Gemeinsam mit den Drachen mussten wir immer weiter in den Süden zurückweichen, bis wir nur noch die Menschen aus Stision vollständig vor dem Einfluss der Seelengebieter retten konnten. Trotzdem gelang es uns, einige Kulturen sei-nes Reiches zu infiltrieren und so das größte Unheil zu verhindern.

– Auszug aus den Überresten von
»Der Krieg der Seelengebieter - Band 1«
Autor: Tahalah

Im Norden leistete noch ein weiteres Reich Widerstand. Bald wurde uns klar, wie das möglich war. Es wurde von Aruma-Ka regiert, einer Seelengebieterin, die sich dort als Göttin ausgab, sich vom Volk verehren ließ und sie vor dem Einfluss ihres Bruders schützte. [...]

Noch immer wussten wir nicht, wie viele Seelengebieter auf der bekannten Welt ihr Unwesen trieben. Zwar waren sie eigentlich nur dunkle Nebel, doch zeigten sie sich anderen Wesen oft in beliebiger Gestalt. Ihre Macht schien schier grenzenlos - fast, als wären sie Götter. Dunkle Götter. Wir mussten Möglichkeiten finden [...]

– Auszug aus den Überresten von
  »Der Krieg der Seelengebieter - Band 2«
  Autor: Tahalah

37

Oliver Alraun

Geheimnisvoller Fremder

Rayko hatte immer gehofft, dass es nie so weit kommen würde. Toyan zog sich die Henkershaube über den Kopf, nahm die Fackel aus der Halterung und schritt zum Scheiterhaufen hinüber. Drohend stand der rote Mond über ihnen. Nayden war ganz oben auf dem trockenen Holz an einen Pfahl gebunden worden und blickte jetzt auf seinen langjährigen Freund hinab. Er wusste, was ihn erwarten würde und hatte sich bereits damit abgefunden. Die Menge grölte und es fiel Rayko schwer stillzustehen. Egal wie viel Mühe sich sein Volk gab, die Menschen in die richtige Richtung zu lenken, kaum etwas konnte sie so in seinen Bann ziehen, wie eine Hinrichtung. Zwar war das keine neue Erkenntnis, jedoch machte sich trotzdem jedes Mal Enttäuschung in ihm breit, wenn er es wieder vor Augen geführt bekam. Rayko schloss seine Hand fester um die Hellebarde und verkniff sich so jegliche Reaktion. Er durfte nicht eingreifen. Nur falls Menschen die Bühne stürmen oder andere seltsame Regeln brechen würden, war es ihm erlaubt, sich zu bewegen. Sich daran zu ergötzen, wie jemandem das Leben genommen wurde,

wurde scheinbar toleriert. Nicht nur toleriert, sondern gewünscht, denn so konnte der Herrscher sein Volk von den wahren Problemen ablenken.

Ohne Nayden einen letzten Blick zuzuwerfen, legte Toyan die Fackel zwischen die trockenen Äste. Sofort züngelten die Flammen daran empor und hüllten den Wugen in Feuer und Rauch. Zuerst schützte er sich noch mit seiner Magie gegen die Hitze, dann begann er zu schreien. Anfangs nur vereinzelt, bis sich seine Rufe zu einem grausamen Brüllen steigerten. Für Menschen galt das als Schwäche, aber Rayko verstand nicht warum. Mithilfe der Schreie konnte Nayden zumindest voll und ganz in diesem letzten Moment seines Lebens aufgehen. Eine Träne verließ Raykos Auge. Sofort schüttelte er den Kopf etwas, damit sie von seiner Wange auf den Boden tropfte. Die Bürger durften nicht merken, wie er unter dem Tod seines Freundes litt. Sein Volk musste die Fassade wahren. Dafür hatten sie jahrelang gearbeitet. Dafür starb Nayden gerade. Letztendlich verklangen seine Schreie. Zurück blieb nur das Knistern des Feuers.

Mit Naydens Tod endete der spannende Teil für das Volk, denn die Menschen verließen nach und nach den Platz. Toyan riss sich die Haube vom Kopf, warf sie auf den Boden und kam direkt auf Rayko zu. Um seine Augen lag ein von Ruß geschwärzter Rand. »Endlich sind wir wieder einen von ihnen los. Unglaublich, dass sie es jetzt schon geschafft haben, sich in die Stadtwache einzuschleichen. Jeder hier könnte einer von ihnen sein.« Er spielte seine Rolle gut und das musste er auch, denn es waren noch menschliche Soldaten anwesend.

»Grausame Zeiten«, sagte Rayko nur. Er bewunderte seinen Freund dafür, wie er die Fackel ohne zu Zögern in den Scheiterhaufen gelegt hatte. Er glaubte nicht, dass er selbst dazu im Stande gewesen wäre. Aber Toyan hatte schon immer alles getan, damit sie unentdeckt blieben. Augenscheinlich selbst, wenn das hieß, einen von ihnen hinrichten zu lassen. Wäre Toyan auch so kalt geblieben, wenn er selbst auf dem Scheiterhaufen gestanden hätte?

Sein Freund klopfte ihm auf die Schulter. »Lasst uns für einen Moment die Sorgen bei einem Bier in der Taverne vergessen.« Er hasste dieses Getränk genauso wie Rayko. Allerdings liebten es gerade die Soldaten der Stadtwache und es wäre zu auffällig, wenn sie dieses Gesöff nicht trinken würden.

»Eine gute Idee«, sagte Rayko. Eigentlich wollte er nur wieder in einen der geheimen Keller und mit Toyan in aller Offenheit über die letzten Geschehnisse reden. Da musste er sich aber wohl noch gedulden.

*

Die Ankömmlinge machten in einigem Abstand zu den Stadtwachen halt. Nur einer, ein großer Nordmann mit rotblondem Haar, kam auf Rayko und die anderen Wachen zu. Rayko ging ihm zwei Schritte entgegen, dann stockte er. Ein Sturm tobte in den Augen des Nordmanns und er starrte ihn mit durchdringendem Blick an. Rayko erschauderte. Es war, als würde ein seichter Wind aufkommen. Ein Nordwind - viel kälter, als er es hier gewohnt war. Die Züge des Mannes waren beherrscht, aber trotz der Abwesenheit eines Lächelns erfüllte er ihn mit einer geradezu bezaubernden Ruhe.

»Ich grüße Euch«, eröffnete der Nordmann und gab ihm einen festen Händedruck. Es fiel Rayko schwer, mit seinem Gegenüber Augenkontakt zu halten, obwohl er damit sonst nie ein Problem hatte. »Ihr seid der, dem diese Wachen hörig sind?« Die Worte des Mannes waren weich wie Seide. Während er die Frau hinter ihm in einer fremden Sprache tuscheln hörte, bemerkte er bei ihm nicht einmal den Hauch eines Akzents.

»Nein...«, stammelte Rayko. »Ich meine... Ja. Aber... Ich bin nicht derjenige, der entscheiden wird, ob ihr Vardar betreten dürft.« Er stotterte. So etwas kannte er von sich gar nicht. Er musste dringend Toyan verständigen.

Er würde mit dieser Gestalt umzugehen wissen.

Der Nordmann lächelte und deutete auf die Begleitung hinter sich. »Ich bin Aelion, das sind Erlonas Ron-
nâsvask, Signara Rîvassmâ und Ayva Âramêa, die erst
seit wenigen Wochen mit uns zieht. Wir sind Händler auf
der Durchreise, sie die Tochter von Fürst Antûr Aramêus
Lôrathsson.« Der Klang der Worte war von Wahrheit
und Aufrichtigkeit erfüllt. Auch seine Leute machten keinen schlechten Eindruck. Die zwei Frauen spielten mit
ihrem Hund, während der Mann dabei zusah. Trotzdem
kam Rayko die ganze Sache merkwürdig vor.

»Einen Moment«, sagte er und hoffte, dass der Nordmann die Geduld hatte, die er ausstrahlte. »Ich muss kurz
mit meinen Wachen reden.«

Aelion nickte nur und ging wieder zu den anderen
Händlern zurück. Rayko atmete tief durch. Dann winkte
er Andon zu sich. Der Junge durfte sie heute zum ersten
Mal bei ihrem Dienst begleiten und jetzt hatte er gleich
solch eine wichtige Aufgabe für ihn.

Er packte Andon an der Schulter und ging vor ihm in
die Knie. Auch er schien zu spüren, dass hier etwas seltsa-
mes vor sich ging. »Hör zu. Du weißt wo Toyan wohnt?«
Der Junge nickte. »Gut. Lauf so schnell du kannst zu ihm
und richte ihm aus, dass er zum Osttor kommen soll. Sofort.« Andon nickte erneut und als Rayko ihn losgelassen
hatte, rannte er in die Stadt.

Toyan begrüßte ihn mit einem Handschlag und verschaffte sich gleichzeitig einen Überblick. Als er anschließend auf die Ankömmlinge zugehen wollte, hielt Rayko ihn zurück. »Du weißt, ich halte mich normalerweise bedingungslos an die Vorgaben.« Toyan nickte, denn das tat er tatsächlich. »Aber bei diesen Händlern...« Rayko verzog das Gesicht und gab ihm damit zu verstehen, dass er sich wirklich Sorgen machte. »Ich habe da ein ganz komisches Gefühl. Irgendwas stimmt mit dem Nordmann nicht.«

»Was meinst du mit... irgendwas?«, fragte Toyan und musterte ihn aus der Ferne.

»Du wirst es merken, wenn du in seiner Nähe bist«, flüsterte Rayko. »Sein Auftreten, seine Ausstrahlung... Einfach alles. Wir dürfen ihn nicht in die Stadt lassen. Aber ich wollte, dass du es mit eigenen Augen siehst.«

»Das werde ich wohl nur, wenn ich mich mit ihm unterhalte«, sagte Toyan und machte sich von seinem Griff los. Rayko nickte nur worauf Toyan ihm seinen Speer in die Hand drückte. Unbewaffnet schritt er auf die Händler zu. Der Nordmann erhob sich erneut, als er den Anführer auf sich zukommen sah und ging ihm entgegen.

Selbst das Beobachten aus der Ferne löste ein unangenehmes Kribbeln auf Raykos Haut aus. Zuerst redete Toyan nur mit dem Nordmann, dann folgte er ihm zu ihren Sachen. Wollte er sie tatsächlich weiteren Prüfungen unterziehen? Wenn Toyan nur ansatzweise das spürte, was Rayko durchgemacht hatte, musste das doch ausreichen, um sie nicht nach Vardar zu lassen. Ihm blieb jetzt nichts anderes übrig, als abzuwarten und zu hoffen, dass Toyan sich richtig entscheiden und diese Leute ganz weit weg schicken würde.

Nach einiger Zeit kam der Hund der Händler auf ihn zu. Er bellte und warf sich vor ihm auf den Boden. Kurz darauf folgte ihm eine junge Frau, die aus dem Gefolge des Nordmanns stammte. Sie knickte mit ihrem rechten Bein immer wieder ein. Wahrscheinlich eine Verletzung.

»Es tut mir leid«, entschuldigte sie sich. Sogleich erkannte Rayko an ihrer Aussprache, dass Vardisch nicht ihre Muttersprache war. Sie wollte sich bücken, um den Hund zu sich zu ziehen, verzog aber nur das Gesicht und richtete sich wieder auf. »Er kann einfach nicht lange ruhig bleiben.«

»Wie ist Euer Name?«, fragte Rayko und versuchte dabei in ihre Augen zu blicken. Ihr gewelltes, dunkelblondes Haar musste ihr bis zum Bauchnabel reichen, gerade wurde es ihr aber wild durchs Gesicht geweht.

»Ayva, mein Herr«, antwortete sie und versuchte weiterhin, den Hund unter Kontrolle zu bringen.

Rayko erinnerte sich an den Namen. Es war einer von denen, die ihm der Nordmann genannt hatte. Er verbeugte sich vor ihr. »Mich nennt man Rayko. Woher kommt ihr, wenn ich fragen darf?«

Als der Hund einen Hasen entdeckte, entwand er sich ihrem Griff. Ayva gab es auf, ihn bändigen zu wollen. Sogleich sprang er hoch und tobte dem Tier hinterher. »Aus dem Norden. Könnt ihr Euren Kommandanten dazu bringen, uns in die Stadt zu lassen? Ich habe seit Tagen kaum geschlafen, geschweige denn, etwas leckeres gegessen.«

Sie band sich die Haare hinter dem Kopf zusammen, wodurch ihre blaugrauen Augen ganz zum Vorschein kamen. Sie waren durchaus schön, doch fehlte ihnen dieses Leuchten - die Lebensfreude, die sich dort bei den Menschen für gewöhnlich widerspiegelte. Sie musste in den letzten Tagen Schreckliches durchgemacht haben. Ihr flehender Blick ließ seine Brust warm werden. Zum Glück wusste sie nicht, dass er dafür gesorgt hatte, dass sie wahrscheinlich noch heute weiterziehen mussten.

»Vielleicht kann ich da tatsächlich etwas für Euch tun«, begann Rayko. »Sagt mir, was hat Euch dazu gebracht, all diese Strapazen auf Euch zu nehmen, nur um hierher zu gelangen?«

Zuerst zögerte Ayva, doch dann schien sie sich dafür zu entscheiden, ihm zu vertrauen. »Wir wurden ausgeraubt. Und verfolgt. Wir werden noch immer verfolgt.«

Blanke Furcht machte sich auf ihrem Gesicht breit. Das war keine Lüge.

»Von wem?«, fragte Rayko. Wenn das stimmte, musste er darüber Bescheid wissen. Solche Menschen kamen oft in anderer Rolle ans Stadttor und versuchten so hineinzugelangen. Wäre er vorgewarnt, könnte er das verhindern. Egal ob diese Leute nun die Stadt betreten durften oder nicht.

»Sie waren zu zweit«, erzählte Ayva. »Ein Nordmann, der sich Haldîr nennt und seine rechte Hand.« Als sie fortfahren wollte, zitterten ihre Lippen. Sie schlug sich die Hände vors Gesicht und schluchzte. Rayko überlegte, ob er sie in den Arm nehmen sollte, entschied jedoch dann, dass das nicht die Aufgabe einer Stadtwache war.

Ayva wischte sich die nassen Hände an ihrer Kleidung ab und sah ihn mit geröteten Augen an. »Er ist ein Schänder und Mörder.«

»Ich verspreche Euch«, sagte Rayko, sah ihr tief in die Augen und legte ihr eine Hand auf die Schulter, »dass wir ihn nicht hinter diese Mauern lassen werden, falls er hier auftaucht.«

»Ihr dürft ihn aber auch nicht weiterziehen lassen. Er wird nicht ruhen, bis er mich gefunden hat. Er …« Ayvas verzweifelter Blick bohrte sich in Raykos Brust. Er wollte ihr helfen. Jedoch gab es in Vardar bereits zu viele Gefangene, die durchgefüttert werden mussten. Seine Befehle waren eindeutig. Nur wohlhabende Händler sollten in die Stadt gelassen werden. Aber das musste Ayva nicht wissen.

»Wie kann ich Haldîr erkennen?«, fragte Rayko und bemühte sich um ein vertrauenswürdiges Lächeln. Sofort sah er Dankbarkeit in ihren Augen aufblitzen.

»Er müsste ungefähr in Eurem Alter sein, ist aber deutlich größer. Sein fettiges, braunes Haar wächst ihm bis über die Schultern. Er hat sich zwei Zöpfe geflochten. Einen für jeden Menschen, den er kaltblütig ermordet hat.« Ihre Pupillen verengten sich und es wirkte, als würde sie durch Rayko hindurchsehen. Gleichzeitig verhärteten sich ihre Gesichtszüge mit jedem weiteren Wort. »Seine Augen sind dunkelblau, sein Bart dicht und lang. Das sollte reichen.«

»Wir werden ihn bestrafen«, sagte Rayko.

Ayva fiel ihm in die Arme. Damit hatte er nicht gerechnet. Verhalten erwiderte er die Geste. »Vielen Dank«, flüsterte sie ihm ins Ohr und löste die Umarmung wieder. »Ich glaube, ich sollte nach meinem Hund sehen.«

Noch lange hatte Toyan mit dem Nordmann diskutiert. Manchmal waren sie so laut geworden, dass Rayko etwas verstehen konnte, aber mehr als ein paar Wortfetzen, die er nicht einzuordnen vermochte, waren es nicht gewesen. Schließlich kam Toyan zu ihnen zurück. Rayko traute seinen Augen nicht, als er sah, wie der Nordmann seine Leute anwies, die Sachen zu packen und ihm zum Tor zu folgen.

»Was soll das?«, fragte Rayko an Toyan gewandt. Er nahm ihn gar nicht wahr. Ihm schienen tausend Gedanken durch den Kopf zu gehen. Was hatte er gerade eben erfahren?

»Öffnet das Tor!«, rief er. Die Wachen gehorchten ihm, nur Rayko blieb wie angewurzelt stehen, als er begriff, was sein Freund vorhatte.

»Du willst ihnen wirklich Einlass gewähren?«, fragte er. Seine Beine wurden weich, als sich der Nordmann ihm erneut näherte.

Tatsächlich hatte es nur zwei weitere Tage gedauert, bis sich Ayvas Warnung bezahlt gemacht hatte. Schon aus der Ferne erkannte Rayko Haldîr an den Zöpfen, die sie beschrieben hatte. Sein markantes Gesicht umrahmte ein dichter aber durchaus gepflegter Vollbart. Er wurde von einem Mann mit verrücktem Blick und wuchernder Gesichtsbehaarung begleitet. Das musste wohl seine rechte Hand sein. Beide waren in edle Kleidung gehüllt. Als sie näher kamen, erkannte Rayko, dass um seinen Hals das Fell eines Tieres lag, wahrscheinlich das eines Wolfes. Diesmal würde Rayko nicht nach Toyan schicken. Er hätte sich auch selbst um den Nordmann kümmern sollen. Er glaubte immer noch fest daran, dass es ein Fehler gewesen war, ihn hinter die Mauern zu lassen. Zwar hatte Toyan ihm noch erklärt, dass er sich nicht einfach so gegen die Befehle Kosyos stellen konnte, die eindeutig vorschrieben, dass Händler nach Vardar gelassen werden sollten, jedoch glaubte er, dass es noch irgendeinen anderen Grund für seine Entscheidung gegeben hatte.

»Ich grüße Euch Wache«, eröffnete Haldîr das Gespräch in perfektem Vardisch und verbeugte sich vor Rayko, der die Geste sogleich erwiderte. »Wir kommen aus dem fernen Norden und würden gerne die Nacht in der Stadt verbringen«

»Wie wäre es, wenn Ihr mir erst einmal Euren Namen nennt, Herr?«, fragte Rayko. Zwar wusste er bereits, dass er Haldîr das Tor nicht öffnen würde, jedoch wäre es besser, wenn er ihm auch einen nachvollziehbaren Grund dafür lieferte. Zum Glück waren solche Gründe bei Nordmännern seiner Art normalerweise nie schwer zu finden.

»Ich bin Haldîr Ârnonsson, Fürst von Vêhmenhâven, Bezwinger der See und Herr des Westwaldes.« Er öffnete seinen Mantel und deutete auf seinen Begleiter, der ihn schief anlächelte. »Und das ist Oskâr, meine rechte Hand.«

Da hatte Rayko schon etwas gefunden. »Meines Wissens nach ist Antûr Aramêus Lôrathsson der Fürst von Vêhmenhâven. Ist ihm etwas zugestoßen?«

Haldîr riss die Augen auf. Er hatte wohl nicht damit gerechnet, dass Rayko dieses Reich, welches so weit im Norden lag, kannte. »Ihr scheint weit herumgekommen zu sein. Tatsächlich habe ich sein Reich vor kurzem... sagen wir... übernommen.« Er zwinkerte Rayko zu.

Warum machte er es ihm so einfach? »Ihr habt ihn umgebracht«, sagte er trocken, doch Haldîr grinste ihn nur weiter an. »Vielleicht mag das im Norden keine große Sache sein, Haldîr Ârnonsson. Aber hier im Süden wird ein solches Vergehen mit dem Tode bestraft und nicht gerühmt.«

Jetzt verschwand das Grinsen aus Haldîrs Gesicht. Er schien wirklich erzürnt darüber zu sein, dass Rayko ihn nicht für seine Taten bewunderte, sondern verurteilte.

»Sollte es nicht immer der Stärkste und Klügste sein, der das Reich regiert?«, fragte er dann. Als Rayko jedoch keine Miene verzog, fügte er hinzu: »Wir werden nur eine Nacht in Vardar bleiben und ziehen schon mit dem Aufgehen der Sonne weiter. Was sollen wir in dieser Zeit schon anrichten?«

»Es tut mir leid«, antwortete Rayko und schnippte

mit den Fingern, woraufhin die Wachen sich hinter ihm postierten. »Ich habe die Anweisung Leute wie Euch nicht hinter diese Mauern zu lassen. Ihr werdet sicherlich woanders unterkommen.«

»Nun gut.« Haldîr grinste jetzt wieder. »Wir werden also eine weitere Nacht in der Wildnis verbringen. So soll es sein.«

Dann wandte er sich von Rayko ab und zog Oskâr hinter sich her, der ihn immer noch mit verrückten Augen anstarrte. Irgendwie hatte der Nordmann erstaunlich schnell nachgegeben. Zu schnell.

*

»Gestern wurde einer der Wachtürme gestürmt«, sagte Dako und deutete dabei mit dem Finger auf die Stadtkarte. »Zuerst haben sie die Soldaten vor den Toren hinterrücks ermordet und dann die Tür eingeschlagen. Um die Wachen auf dem Turm mussten sie sich gar nicht mehr kümmern. Sie haben einfach ein Feuer gelegt und ihn in Flammen aufgehen lassen. Die Wachen sind alle verbrannt. Sie haben sie behandelt, wie diese Hexen. Wie können sie das unseresgleichen antun?«

»Danke für die Meldung, Soldat!«, erwiderte Toyan und klopfte ihm anerkennend auf die Schulter. »Geht zurück auf Euren Posten. Wir werden uns etwas einfallen lassen.«

»Ich habe immer an Euch geglaubt, Toyan«, sagte Dako und verkniff sich dabei die Tränen. »Aber langsam scheint es, als ob die Rebellen die Oberhand gewinnen würden.«

»Das haben wir schon oft gedacht«, versuchte Toyan ihn zu beruhigen. »Wir werden sie auch diesmal wieder zurückschlagen.«

»Diesmal ist es anders.« Dako raufte sich die Haare. »Sie wirken so organisiert. Sonst sind sie manchmal sogar selbst in ihre eigenen Fallen gelaufen. Es war einfach ein reines Chaos. Das ist schon verdammt lange nicht mehr vorgekommen. Jetzt ist alles irgendwie... geordneter.«

»Soldat!«, brüllte Toyan. »Ihr dient der großartigsten Stadtwache dieses Landes! Wir lassen uns nicht von ein paar Aufständischen einschüchtern!«

»Jawohl«, antwortete Dako zaghaft. Aber Rayko spürte, dass Toyan den Funken in seiner Brust wieder entfacht hatte. Die Menschen waren so leicht zu manipulieren.

Als er den Raum verlassen hatte, drehte Toyan den Schlüssel um und setzte seinen Helm ab. »Endlich können wir die lästige Rüstung loswerden. Selbst nach all den Jahren zwickt sie noch immer ständig und überall.«

Rayko nickte zustimmend und entledigte sich ebenfalls der schweren Eisenteile. »Dako hat Recht, oder? Mir ist es auch schon aufgefallen. Etwas hat sich verändert.«

»Ja«, murmelte Toyan und starrte die Karte an, als würde sie irgendetwas vor ihm verbergen. »Ich konnte ihm das nicht sagen, denn es hätte seine Unsicherheit nur weiter bestärkt, aber es stimmt alles, was er sagte. Allmählich kann es kein Zufall mehr sein.«

»Du hast bereits eine Vermutung, oder?« Er wünschte sich, Toyan würde sich ihm wieder mehr anvertrauen. Seit ein paar Wochen hatte Rayko das Gefühl, sein Freund würde einiges vor ihm verbergen. Vielleicht machte aber auch ihm mittlerweile dieser immer stärker werdende Drang zu schaffen. Lange wollte Rayko nicht an das glauben, von dem all die Flüchtenden gesprochen hatten, die an den Toren Vardars vorbeigezogen waren. Jeder von ihnen hatte eine andere Erklärung dafür gehabt, aber in einem waren sich alle einig. Es würde stärker werden. Es würde so schlimm werden, dass es sie wahnsinnig machte, wenn sie nicht in den Westen flohen. Deshalb wollten einige erst gar nicht in Vardar bleiben. Rayko war dann immer nur froh gewesen, denn hier gab es so gut wie keinen Platz und noch mehr Menschen bedeuteten nur noch mehr Chaos, dass sie irgendwie unter Kontrolle bringen mussten.

»Ja«, sagte Toyan letztendlich, runzelte aber gleichzeitig die Stirn. »Sieh es dir an. Bis vor Kurzem haben vereinzelte Aufständische zur gleichen Zeit an verschiedenen Orten der Stadt für Unruhen gesorgt. Fast immer konnten die Soldaten sie zurückdrängen, da sie voller Panik und ohne jede Organisation vorgegangen sind. Das hat sich eindeutig geändert.«

Rayko wusste, wovon er redete. Das war nichts Neues. Aber wie sollte sie das weiterbringen?

»Lass es uns noch einmal durchgehen«, sagte Toyan.

»Was sollte diesmal anders sein?«, fragte Rayko. Wie oft hatte er schon mit Toyan stundenlang über der Karte gesessen und nach etwas gesucht, was es vielleicht gar nicht gab. Sie wussten ja nicht einmal, nach was sie genau suchten.

»Es ist ein weiteres Ereignis hinzugekommen«, erklärte Toyan. »Irgendwann müssen sie einen Fehler machen.«

Erneut sprachen sie über alles, was die letzten Wochen geschehen war, bis sie wieder zu dem Vorfall mit dem Wachturm kamen.

»Sie haben sich an die Wachen herangeschlichen, sie heimlich umgebracht und den Turm in Brand gesetzt«, wiederholte Rayko, was Dako ihnen gesagt hatte.

Damit wollte sich Toyan nicht zufriedengeben. »Warum haben die Bogenschützen auf dem Turm nicht reagiert?«

»Was meinst du?« Rayko verstand nicht. »Wahrscheinlich haben sie davon nichts mitbekommen?«

»Das kann sein...« Toyan kratzte sich am Kopf. »Aber sie müssen doch gehört haben, wie das Tor eingeschlagen wird. Dann sollte genug Zeit bleiben, sich in Position zu bringen und die Angreifer von oben zu erschießen.«

Das war tatsächlich merkwürdig. Jeder Turm war mit Bogenschützen besetzt, das war sogar eine Anweisung des Königs gewesen.

»Sie müssen die Schützen also vorher weggelockt haben«, sagte Toyan und wühlte in verschiedensten Dokumenten, die rund um die Karte am Tisch verteilt lagen.

»Wo ist die verdammte Liste mit Straftaten, die an diesem Tag begangen wurden?« Kurz darauf schien er sie gefunden zu haben, denn er blieb an einem Zettel hängen. »Tatsächlich.«

Rayko konnte sich nicht erklären, was ihm aufgefallen sein mochte. Er schaute seinen Freund nur fragend an. Toyan lächelte. »Kurz bevor die Aufständischen den Turm gestürmt hatten, war ganz in der Nähe ein Dieb über die Dächer der Stadt geflohen. Allerdings ist er entkommen, da er in einen weiteren Aufstand geflüchtet ist. Darum müssen sich die Bogenschützen des Turms gekümmert haben.«

»Das kann kein Zufall sein. Aber wer sollte soetwas organisieren?«, fragte Rayko, der zwar ahnte, worauf Toyan hinauswollte, es jedoch nicht glauben konnte.

»Die Rebellen müssen einen einzigen Anführer haben«, sagte sein langjähriger Freund. »Ein Mann konnte sich durchsetzen und diese chaotischen Gruppierungen vereinen. Wahrscheinlich agiert er nur im Verdeckten.« Dann schaute er Rayko in die Augen. »Wenn wir an ihn herankommen, sind die Rebellen verloren.«

»Wir müssen herausfinden, wo sie ihr Versteck haben«, führte Rayko den Gedanken weiter. »Es gibt einen Ort, an dem alles zusammenläuft.«

»Gib mir zwei Tage«, sagte Toyan. »Dann weiß ich, wo sie sich verkriechen.«

*

»Macht Platz!«, schrie eine Wache. Rayko wurde von den zurückweichenden Menschen zur Seite gedrängt. Was war hier los? Wahrscheinlich hatten sie wieder einen Aufständischen festgenommen. Vielleicht hatte Toyan ja sogar schon ihren Anführer ausfindig machen können. Rayko nutzte seinen Status als Stadtwache und drängte sich zu seinen Kameraden durch. Zu seinem Erstaunen war es kein Rebell, der da zwischen den Soldaten in Ketten ging. Es war Toyan!

»Halt!«, schrie Rayko und stellte sich den Wachen entgegen. »Was hat das zu bedeuten?« Toyan sah ihm gefasst entgegen. Fast so, als hätte er schon gewusst, was ihn erwartete.

»Befehle von ganz oben«, antwortete eine der Wachen nur und stieß Rayko zur Seite.

»Warum wurde ich davon nicht in Kenntnis gesetzt!«, brüllte er. »Das muss ein Fehler sein! Wie könnt ihr das machen, jahrelang habt ihr unter Toyan gedient.«

»Befehl ist Befehl, mehr wissen wir auch nicht«, sagte eine der anderen Wachen.

Manchmal trieben ihn die Menschen zur Weißglut. Wie konnte man nur nichts von dem hinterfragen, was einem aufgetragen wurde?

»Dann befehle ich Euch nun, Toyan auf der Stelle freizulassen«, sagte Rayko. »Das muss ein Irrtum sein, ich werde selbst mit Kosyo reden.«

Jetzt lachte die erste Wache. »Ihr könnt mir in dieser Sache nichts vorschreiben. Kosyo hat damit nichts zu tun. Ich sagte doch. Befehl von ganz oben.«

Das musste bedeuten, dass Bevar-Ahn selbst dies angeordnet hatte. Sie waren enttarnt worden. Irgendwie musste der Seelengebieter herausgefunden haben, dass ein großer Teil der Stadtwache von einem Wugen angeführt worden war. Er würde jetzt jeden einzelnen von ihnen überprüfen.

»Ist schon gut«, sagte Toyan, worauf ihm eine der Wachen in den Bauch schlug. Er krümmte sich vor Schmerz, richtete sich aber gleich wieder auf. »Der Zettel mit den Straftaten. Er liegt in der Schublade unter dem Tisch.«

Jetzt trat ihm die Wache gegen die Brust. Toyan schnappte nach Luft und brach zusammen. »Du sollst nicht reden, verdammt!«, fuhr sie ihn an und erhob drohend die Faust.

Warum sollte Toyan ihm von diesem Zettel erzählen? Natürlich war es wichtig, dass die Straftaten weiterhin dokumentiert wurden und er war dafür zuständig, aber es gab unzählige andere Dinge, die nach seiner Abwesenheit ebenso geklärt werden mussten. Gerade hoffte Rayko jedoch noch, dass es nie dazu kommen würde. Vielleicht hatte er ihm einen Hinweis hinterlassen. Einen Hinweis auf das, was hier los war.

*

Tatsächlich fand Rayko eine handgeschriebene Notiz in dem zusammengefalteten Dokument. Gespannt begann er, die hektisch geschriebenen, wugischen Schriftzeichen zu entziffern.

Ich hoffe, du wirst das niemals lesen, mein Freund, denn dann müssen drastische Maßnahmen ergriffen werden. Ich habe etwas getan, das sehr riskant war, aber getan werden musste. Die Auswirkungen kann ich noch nicht ganz vorhersehen.

Wichtig ist, dass du meinen Posten einnimmst. Damit meine ich nicht, dass du einer der Kommandanten der Stadtwache werden sollst, sondern Anführer der Wugen in Vardar. Trotzdem bitte ich dich noch, einige letzte Befehle von mir auszuführen.

Ziehe nach und nach alle Wugen aus den öffentlichen Positionen zurück, ab jetzt werdet ihr nur noch im Untergrund agieren. Es ist zu gefährlich, denn sie wissen, welch hohe Machtpositionen wir bereits innehatten. Nutzt die geheimen Keller, um euch zu verstecken, niemand wird euch dort finden. Vorerst.

Ich weiß, wo sich der Kopf der Rebellen versteckt und habe es auf der Karte markiert, allerdings ist es beinahe unmöglich, dort unbemerkt hineinzukommen. Ich überlasse dir die Entscheidung, was du mit dieser Information machst.

Wichtiger ist aber, dass Bevar-Ahn die Stadt bald verlassen wird. Ich meine nicht, dass er wieder in einen großen Krieg zieht und dann zurückkehrt... Ich meine, dass jemand seinen Palast zerstören und ihn für immer von hier forttreiben wird. Ganz ohne unser Zutun. Wenn das geschieht, muss es dir gelingen, das ausbrechende Chaos zu kontrollieren. Du musst es schaffen, dass die Menschen erkennen, welche Möglichkeiten ihnen jetzt offenstehen und sich friedlich voneinander trennen. Du musst meine Lebensaufgabe zu Ende führen, Rayko!

Toyan
Verbrenne diesen Zettel!

Als sich Rayko sicher war, dass er sich alles eingeprägt hatte, hielt er die Nachricht über die brennende Kerze. Sogleich verschlangen die Flammen sie, übrig blieb nur Asche. Anschließend kramte er die Karte hervor. Tatsächlich hatte Toyan darauf ein Gebiet eingekreist. Er ließ sich in den Stuhl sinken und atmete tief durch.

*

Geknebelt und gefesselt stand Toyan auf dem Scheiterhaufen. Er würde ihn nicht sehen, denn Rayko war in einigem Abstand auf die Dächer der Stadt geklettert. Zuerst hatte er einfach im Keller bleiben und vergessen wollen, was jetzt gleich geschehen würde, doch irgendwie dachte er dann, er wäre es seinem Freund schuldig zuzusehen. Die Nachricht hatte eindeutig gezeigt, dass es keinen Wugen gab, dem Toyan je mehr vertraut hatte, als ihm. Auch wenn er ihm vielleicht nicht immer alles erzählt hatte. Jeder durfte Geheimnisse haben. Und jetzt stand er dort auf einem Haufen aus Holz und würde in Flammen aufgehen.

Rayko musste daran zurückdenken, wie das alles angefangen hatte. In der geheimen Hauptstadt seines Volkes, hatten sie diesen Einsatz damals gemeinsam geplant. Toyan hatte ihn von Anfang an mit seinen Visionen mitgerissen und Rayko musste nicht lange überlegen, als er ihn letztendlich gefragt hatte, ob er mit ihm gehen würde. Mitten in die Hauptstadt des mächtigsten

Seelengebieters. Er lachte, denn obwohl er jetzt wusste, dass die meisten ihrer Pläne funktioniert hatten, wirkte es aus damaliger Sicht noch immer verrückt. Sie beide waren die ersten ihres Volkes gewesen, die sich unter die Menschen in Vardar mischen sollten. Da es geklappt hatte, waren über die nächsten Jahre immer mehr Wugen zu ihnen gekommen. Zwar hatte Toyan ständig davon geredet, dass er eines Tages die Stadtwache befehligen, den dämonischen Geist vertreiben und die Menschen befreien würde, doch Rayko hatte nie zu hoffen gewagt, dass seine Pläne tatsächlich vollständig aufgehen könnten. Und jetzt würde er sterben, kurz bevor sich der letzte Teil seiner Vision erfüllen konnte. Zumindest, wenn man Toyans letzten Worten Glauben schenkte und das tat Rayko. Er würde zu Ende bringen, was sein Freund begonnen hatte.

Flammen loderten empor.

Als die Schreie verstummten, wandte sich Rayko mit Tränen in den Augen ab. Wenn die Zeit gekommen war, würde es ihm gelingen. Er würde dafür sorgen, dass die Menschen sich im Chaos nicht selbst vernichteten. Das schwor er sich.

*

Ein Beben und Donnern riss Rayko aus dem Schlaf. Zuerst dachte er, er hätte nur schlecht geträumt, doch als er sich aufgerichtet hatte, wiederholte es sich. Er wurde von den Beinen gerissen und schlug mit dem Kinn am Boden auf. Binnen weniger Augenblicke sammelte sich eine Blutlache vor ihm. Was war hier los? Mittels Magie verschloss er die Wunde, rappelte sich auf und hielt sich am Tisch fest. So konnte er sich beim nächsten Beben gerade eben auf den Beinen halten. Er harrte noch einen Moment aus und wagte es erst dann, seine Rüstung anzulegen.

Als er vor die Tür trat, begannen die Alarmglocken zu schlagen. Überall in der Stadt brannte es und Menschen liefen durcheinander. Eine Mutter rannte mit einem Kind auf dem Arm direkt an ihm vorbei und deutete zum Palast hinauf. Auch dort loderte das Feuer hell in der Nacht. Dann gab es wieder einen Knall und die Erde zitterte. Rayko fiel auf den Rücken, doch wandte seinen Blick nicht vom Palast ab. Irgendetwas hatte ein Loch in seine Mauern geschlagen. Trümmer fielen über die Berghänge hinab und verschwanden in der Dunkelheit. Hastig versuchte er einen klaren Gedanken zu fassen. Jemand stolperte nur knapp über ihn hinweg. Er zog den Kopf ein und kroch zurück an die Hauswand. Die einzige Macht, die hier zu so etwas fähig war, war der Seelengebieter selbst. Aber warum sollte er seinen eigenen Palast zerstören?

Die Ruhe währte nur kurz, dann brach erneut etwas vom Palast herab und ein schwarzer Dunst stob daraus hervor. Tatsächlich. Irgendetwas musste das Monster aufgeschreckt haben. Es wirkte, als würde es mit jemandem kämpfen. Mit jemandem, der seiner Macht ebenbürtig war.

Hatte Toyan das mit seinen Worten gemeint? War wirklich etwas gekommen, das Bevar-Ahn verscheuchen konnte? Dann war das der Zeitpunkt, an dem es galt, das Chaos zu verhindern. Eine Aufgabe, die im Moment unmöglich schien. Gerade zog ein älterer Mann einer Frau ein Holzscheit über den Kopf und riss ihr anschließend ihre Geldbörse vom Gürtel, ohne, dass ihn jemand daran hinderte.

»Rayko!« Dolyr kam mit seiner Einheit auf ihn zu. »Irgendetwas geschieht am Palast. Vardar versinkt im Chaos!« Als er bei ihm angekommen war, packte er seine Hand und zerrte ihn nach oben. Lange hatte Rayko diesen Wugen nicht mehr gesehen.

»Beruhigt Euch.« Das war leicht gesagt, doch selbst er musste gerade kreidebleich aussehen. Wäre Toyan nur hier. »Nennt mir die Fakten.«

»Wir wissen selbst noch nicht viel«, sagte Dolyr. »Als die Rebellen gemerkt haben, dass der Palast bröckelt, kamen sie in Massen auf die Straßen. Sie nehmen auf nichts mehr Rücksicht und immer mehr laufen zu ihnen über. Sie sammeln sich gerade vor dem Nordtor. Es scheint, als wollen sie von dort den Palast stürmen. Das Gold lockt sie.« Rayko wusste genau, dass auch Dolyr dachte, dass die Menschen einfach nur fliehen sollten. Was würde ihnen das Gold bringen, wenn der Palast zerbrach und die Stadt unter sich begrub? Nur durfte er das in Anwesenheit der Stadtwache auf keinen Fall aussprechen. Sie hatten klare Befehle. Die Menschen sollten in der Stadt bleiben. Egal, was geschah.

»Wie viele Soldaten sind dort?«, fragte Rayko. »Wie viele?!«

»Ich weiß es nicht genau«, antwortete Dolyr und überlegte kurz. »Vidyo hat seine Einheit hingeführt. Er wurde von Stoyan, Zlatko, Bogdan und deren Einheiten begleitet. Ich kann nicht sagen, wen sie noch verständigen konnten, es herrscht das reinste Chaos. Es sind sogar Einheiten zu den Rebellen übergelaufen.«

*

Als sie das Nordtor erreicht hatten, war es bereits gefallen. Viele Wugen, aber auch Menschen, mit denen
Rayko in den letzten Jahren einiges durchgemacht hatte,
lagen am Boden. Überall mischten sich verdrehte Glied-
maßen mit Gedärmen und Blut. Verdammt viel Blut. Die
düstere Stille, die über dem brennenden Tor lag, wurde
nur vereinzelt von einem Husten oder Röcheln durch-
brochen.

»Kümmert euch um die Verwundeten!«, rief Rayko
über die Schulter zurück, während er zwischen den Leichen auf das Tor zuging. Schritt für Schritt kämpfte er
sich durch die abgetrennten Körperteile und versuchte
dabei, auf keines zu treten. Der Gestank, der vom Boden
aufstieg, drehte ihm beinahe den Magen um. Kurz darauf
zogen ihn die Flammen in seinen Bann, die sich am Tor
emporzüngelten und ihm umso heißer entgegenschlu-
gen, je näher er diesem kam. Er ging weiter, bis er durch
das Feuer den Weg zum Palast erkennen konnte. Schweiß
tropfte ihm von der Stirn. Er sah unzählige Menschen mit
Fackeln dort hinaufrennen. Ein Nordmann mit einem Fell
auf den Schultern und langem, wehendem Haar führte sie
an. Sein Lachen hallte durch die Nacht und seine gebrüllten Befehle trieben das Volk weiter dem Palast entgegen.

An seiner Seite stand ein kleiner, bärtiger Mann.

Dann erinnerte sich Rayko. Das mussten Haldîr und seine rechte Hand sein. Er hatte sie doch fortgeschickt. Irgendwie mussten sie dennoch in die Stadt gekommen sein und scheinbar waren sie dort auch länger, als nur eine Nacht geblieben. War wirklich er derjenige, dem gelungen war, was all die Jahre niemand geschafft hatte? Hatte er die Rebellen geeint und organisiert? Das hätte ihm in dieser kurzen Zeit nicht gelingen dürfen. Immerhin war er als völlig Fremder nach Vardar gekommen. Aber wie war er überhaupt in die Stadt gelangt, wenn er ihn doch ihrer verwiesen hatte? Das Tor wurde durchgehend bewacht. Ganz Vardar umgab eine hohe Mauer, die ebenfalls jederzeit mit Soldaten besetzt war.

Rayko kam ein Geistesblitz. Tage oder Wochen später, das wusste er selbst nicht mehr genau, war eine der Wachen hinter der Mauer tot aufgefunden worden. Da die gesamte Stadtwache davon zunächst nichts mitbekommen hatte, hatten sie vermutet, dass er einfach nur unachtsam gewesen und heruntergefallen war. Das geschah hin und wieder, gerade, wenn die Wachen verbotenerweise betrunken ihre Schicht antraten. Aber womöglich war es Haldîr irgendwie gelungen, über die Mauern zu kommen und dabei nur eine Wache zu töten, ohne, dass die anderen es bemerkt hatten. Dies war zumindest die einzige Erklärung, die er dafür im Moment hatte.

Jetzt erst bemerkte Rayko, dass das Beben aufgehört hatte. Welchen Kampf Bevar-Ahn auch immer geführt haben mochte, er schien vorbei zu sein. Das war sicher auch Haldîr aufgefallen und er hatte die Rebellen sofort zum Palast geführt. Bestimmt wurde auch er von der Gier nach dem Gold getrieben.

Der Boden unter Rayko zitterte erneut. Hatte er sich getäuscht? Sein Blick suchte den Palast nach weiteren Löchern oder zumindest dem Nebel ab, als den er den Seelengebieter gesehen hatte. Doch er fand nichts dergleichen. Dann riss ihm etwas die Beine weg. Er überschlug sich in der Luft und wurde gegen die Stadtmauer geschleudert. Als er sich wieder aufgerappelt hatte, bemerkte er, dass es den anderen Soldaten genauso ergangen war. Vielleicht gab es neben dem Seelengebieter noch einen anderen Auslöser für die Beben, auch wenn er zweifelsfrei in einen Kampf verwickelt gewesen war. Gerade eben hatte es sich eher so angefühlt, als wäre es tief aus dem Berg gekommen. Auch wenn Rayko wusste, dass es nicht klug sein konnte, trieb ihn die Neugier über die Treppe auf die Mauer der Stadt. Er stemmte die Hände auf eine der Zinnen und blickte in den Abgrund. Irgendwie bildete er sich ein, dass dort Felsen aus dem Berg ragten, die es nicht geben sollte. Er kannte diese Gegend. Jahrelang hatte er selbst als Wache auf der Mauer gedient, bevor er zum Kommandanten aufgestiegen war.

Als das nächste Beben einsetzte, klammerte sich Rayko an die Zinne und beobachtete, wie sich hinter der Mauer weitere Felsen aus dem Berg schoben. Irgendwie spürte er, dass es nicht dabei bleiben würde. Er sollte die Mauer so schnell wie möglich wieder verlassen. Doch das was er sah, als er sich umdrehte, ließ ihn mit offenem Mund erstarren.

Die ganze Stadt lag zu seinen Füßen. So weit seine Augen reichten, brannten Häuser und stieg Rauch in die Luft. Überall drängten sich Menschen durch die engen Straßen und fielen übereinander her.

Am anderen Ende Vardars tat sich ein Riss im Boden auf. Zuerst zog er sich nur langsam über eine Straße und war kaum zu sehen, dann begann er immer schneller vorzudringen. Gleichzeitig bildeten sich von ihm ausgehend stetig neue Verästelungen, die sich in alle Teile Vardars weiter verzweigten. Die Größten wuchsen zu ganzen Schluchten heran. Sie verschlangen alles, was ihnen im Weg stand. Häuser brachen in sich zusammen und verschwanden vollständig darin. Menschen wurden in ihren Abgrund gerissen, während sie miteinander rangen. Ein Wuge sprang verzweifelt vom Ostturm. Kurz darauf brach dieser in der Mitte auseinander und versank in den dunklen Tiefen einer Schlucht. Zudem hob sich in der gesamten Stadt Gestein aus dem Boden, bohrte sich durch Straßen und Häuser und sorgte für noch mehr

Zerstörung. Über all das warf der blutrote Mond seinen drohenden Schein.

Ich habe versagt! Hier gibt es nichts mehr, was gerettet werden kann. Sie werden alle sterben.

Rayko fiel auf die Knie, zog sich den Helm vom Kopf und brach in Tränen aus. Alles umsonst. Jahrelange Vorbereitungen. Für nichts. Was sollten sie auch gegen solche Mächte ausrichten?

»Perotecc!«, brüllte er dem roten Mond entgegen, dessen Umrisse hinter seinen Tränen verschwammen. »Ich bin zu schwach, für die Aufgabe, die du uns auferlegt hast! Es tut mir leid!« Seine Stimme senkte sich zu einem zaghaften Flüstern und war nun mehr an seinen toten Freund gerichtet als an seinen Schöpfer. »Es tut mir so leid.«

Ein ohrenbetäubender Knall ließ Rayko herumfahren. Die Mauern des Palasts zerbarsten. Unzählige Trümmer stoben über die Hänge hinab. Münzen und andere Schätze schossen in Strömen daraus hervor und ergossen sich über den Gipfel. Manche Rebellen warfen sich zu Boden, andere versuchten zurück in die Stadt zu rennen. Als die Liegenden bemerkten, dass Schätze in Massen auf sie zukamen, sprangen sie auf, aber es war zu spät. Das Gold holte sie ein, riss sie mit sich und bestrafte sie für ihre Habgier. Nur wenige entkamen seinen Fängen.

Kurz bevor diese die Stadt erreichten, löste sich der

Weg unter ihren Füßen. Über seine gesamte Länge schlitterte Stein und Erde den Hang herab, genau auf die Mauern Vardars zu. Beinahe alle Rebellen wurden von dem Geröll mitgerissen und stürzten in die Tiefe. Ihre verzweifelten Todesschreie gingen in dem tosenden Lärm der Naturgewalt unter. Nur ein Dutzend entkam dem Erdrutsch und hechtete durch das brennende Nordtor in die Stadt. Dann krachte die Felsmasse gegen die Stadtmauer.

Mit leerem Blick sah Rayko Trümmer durch die Luft fliegen. Kurz darauf bildete sich eine dichte Staubwolke, wo gerade noch das Nordtor gestanden hatte. Die Zeit schien stillzustehen. Unfähig sich zu bewegen spürte er, wie die Mauer unter ihm brach und sich in Richtung Stadt neigte. Er versuchte gar nicht erst, sich irgendwo festzuhalten, sondern entspannte alle Muskeln, sackte in sich zusammen und rollte von dem kippenden Wehrgang. Sein Blick heftete sich im Fallen an den roten Mond, bis dieser von einem großen Trümmerteil verdeckt wurde. Dunkelheit umfing ihn.

*

»Wach auf!« Rayko spürte einen stechenden Schmerz an seiner Wange. Er blinzelte, bis er sah, wer da mit ihm sprach. Dolyr holte erneut mit der flachen Hand zum Schlag aus. »Er kommt wieder zu sich!«

»Ist es vorbei?«, fragte Rayko nur. Er wollte sich gar nicht aufrichten.

»Nicht solange wir noch am Leben sind!«, schrie Dolyr ihn an. »Selbst Toyan hätte all das nicht verhindern können. Doch hätte er aufgegeben?«

Rayko schluckte. Er kannte die Antwort, aber konnte sie nicht aussprechen.

»Es gibt noch eine Möglichkeit, einige Menschen zu retten! Das ist jetzt unsere Aufgabe! Wir können das Chaos nicht aufhalten, aber wir können so viele wie möglich aus der Stadt führen!«

»Der Fluss!« Rayko wusste sofort, woran Dolyr dachte und das Feuer kehrte in seine Augen zurück. »Wenn es noch einen Weg gibt, die Stadt schnell genug zu verlassen, dann über den Lazar.«

Er sprang auf und verbannte den Schmerz, der durch seine Glieder fuhr. »Zum Fluss!«, brüllte er den Soldaten zu. »Nehmt jeden, den ihr aus den Flammen retten könnt, mit euch!«

Mit neuer Kraft humpelte Rayko voran. Unzählige Leichen bedeckten die Straßen. Nur noch vereinzelt versuchten Menschen dem sicheren Untergang zu entkommen, doch sie wussten nicht, wohin sie fliehen sollten. Rayko bedeutete ihnen allen mitzukommen.

Der Moment der Ruhe währte nicht lange. Direkt neben Rayko riss der Boden auf. Ohne nachzudenken sprang er zur Seite und wurde durch die Luft geschleudert. Kopf voraus raste er auf eine Hauswand zu. Im letzten Augenblick konnte er die Arme nach vorne reißen. Der Aufprall stauchte seinen gesamten Rücken zusammen und ein stechender Schmerz schoss in seinen linken Unterarm. Kurz darauf lag er verdreht am Boden. Dichter Staub stieg um ihn auf und brachte ihn zum Husten. Er drehte sich herum, stützte sich mit dem rechten Arm am Boden ab und spuckte aus. Hastig tastete er seinen verletzten Unterarm ab. Schon bei der kleinsten Berührung entfuhr ihm ein Schrei. Er war gebrochen.

Als sich der Staub allmählich legte, fand er sich vor einer eingestürzten Hauswand wieder. Rayko stemmte sich auf die Beine und blickte sich um. Seine Soldaten lagen stöhnend zwischen den Trümmern im Dreck, suchten sich nach Verletzungen ab und versuchten sich gegenseitig aus den Steinen zu befreien. Ihnen allen stand die Verzweiflung ins Gesicht geschrieben. Aber sie würden es schaffen. Sie konnten noch entkommen, wenn sie nur den Fluss erreichen würden.

»Weiter Männer!«, brüllte Rayko. »Es kann nicht mehr weit sein!«

»Rayko!« Dolyr starrte ihn mit verdrecktem Gesicht an. Über seinem linken Auge klaffte eine blutende Wunde. Er kniete am Boden und zerrte an einem Teil der eingebrochenen Hauswand. »Hier wurde eine Frau eingeklemmt! Sie lebt noch, wir müssen sie mit uns nehmen!«

Rayko ließ die Schultern hängen. Das Trümmerteil bewegte sich trotz Dolyrs Bemühungen kein bisschen. Und das würde es auch nicht, selbst wenn sie alle daran zerrten. Es war viel zu groß, doch das wollte Dolyr nicht einsehen. Rayko kämpfte sich durch den Schutt und zuckte zusammen, als er das Gesicht der Frau sah. Ihr gewelltes, dunkelblondes Haar war von dem Blut durchzogen, das aus ihrer Schläfe sickerte. Ayva lächelte verzweifelt, als Rayko neben ihr auf die Knie ging und nach ihrer Hand griff. Sofort klammerten sich ihre Finger um seine.

Ihre beiden Beine waren bis zur Hüfte unter dem Trümmerteil begraben. Kurz überlegte Rayko, ob er es gemeinsam mit Dolyr schaffen könnte, sie zu befreien, wenn sie Magie wirkten. Er lebte schon so lange unter den Menschen, dass er diese Möglichkeit in ihrer Anwesenheit normalerweise gar nicht mehr in Betracht zog.

Immerhin konnte ein Fehler ausreichen, um auf dem Scheiterhaufen zu verbrennen. Aber war das jetzt noch wichtig?

Mit schwacher Stimme versuchte Ayva ihm irgendetwas zu sagen, doch er konnte es nicht verstehen. Erst als er sich über sie beugte drangen ihre Worte zu ihm vor. »Ich verzeihe Euch.« Verzeihen? Rayko verstand nicht und sah sie nur mit zusammengezogenen Augenbrauen an. »Ich verzeihe Euch, dass Ihr ihn hereingelassen habt. Es hätte nichts geändert.« Sie lachte schwach, dann verschluckte sie sich und hustete. Sie sprach von Haldîr. Er hatte ihn nicht in die Stadt gelassen, aber was spielte das schon für eine Rolle? Rayko gestand sich ein, dass ihre Beine unter dem Trümmerteil so zerquetscht sein mussten, dass sie an den Verletzungen sterben würde, selbst wenn es ihnen irgendwie gelingen würde, sie zu befreien. Ihr den Abschied zu erleichtern war das Letzte und Einzige, was er für sie tun konnte. Kurz überlegte er, dies Dolyr aufzutragen, doch dann musste er an Toyan denken. Er hätte es selbst getan.

»Gib mir deinen Speer«, sagte er an Dolyr gewandt. Dieser senkte seinen Kopf und streckte ihm die Waffe entgegen. Rayko packte den Speer und hob ihn mit beiden Händen über den Kopf. Er versuchte Ayva in die Augen zu blicken, aber sie lächelte ihn noch immer an, als wäre nichts geschehen. Das ertrug er nicht. Also schloss er die Augen und stellte sich vor, er würde die Spitze des Speers einfach nur in den Boden rammen. Dann wurde ihm die Waffe aus der Hand geschleudert. Rayko taumelte und blickte sich erschrocken um. Der Speer lag einige Meter hinter ihm und war in zwei Teile zerbrochen. Was war gerade geschehen? Auch in den Augen seiner Kameraden machte er nur Verwirrung aus.

Die Umrisse einer großen, in einen Mantel gehüllten Gestalt zeichneten sich im Dunst ab. Als sie näher kam, erkannte Rayko die rotblonden Haare, die durch sein markantes Gesicht wehten. Aelion - der Nordmann, den Toyan vor einigen Wochen in die Stadt gelassen hatte, obwohl Rayko ihm davon abgeraten hatte, kam auf sie zu. Ihm folgte die Frau, die schon am Tor bei ihm gewesen war, von dem Mann fehlte allerdings jede Spur. Sogleich stellten sich die feinen Härchen auf Raykos Armen auf und er fühlte sich irgendwie klein und unbedeutend.

Ohne ein weiteres Wort zu verlieren, streckte Aelion die Hände aus. Rayko traute seinen Augen nicht, als sich das tonnenschwere Trümmerteil wie von Geisterhand bewegte. Zuerst zitterte es nur und Ayva schrie auf. Daraufhin erhob es sich in die Luft und sank an einer anderen Stelle wieder herab. Die Menschen hinter Rayko redeten aufgebracht durcheinander und wichen einige Schritte zurück. Ayvas Beine boten einen grausamen Anblick. Sie waren seltsam verdreht und Knochen ragten an mehreren Stellen aus der zerfetzten, blutgetränkten Hose hervor.

»Ihr solltet verschwinden«, sagte Aelion in ruhigem Ton.

Rayko hielt es für seine Pflicht, auch ihm den einzig noch möglichen Weg aus der Stadt zu zeigen. »Kommt mit uns. Am Lazar liegen genug Boote, so können wir...«

Aelion hob den Finger und brachte ihn damit zum Schweigen. »Geht, Rayko, solange Ihr noch könnt. Glaubt mir, ich brauche Eure Hilfe nicht.« Er legte Ayva die Hand auf die Stirn. Sogleich verstummten ihre Schmerzensschreie und sie fiel in einen tiefen Schlaf. Dabei bemerkte Rayko, dass weder Aelion noch seine Begleitung verwundet waren. Selbst ihre Kleidung wies keinen Makel auf. Aber was war mit dem Mann geschehen?

»Wie Ihr meint...«, murmelte Rayko. Eigentlich war es ihm sogar Recht, den seltsamen Nordmann nicht länger in seiner Nähe zu wissen. Jedoch hoffte er, dass es ihm gelang Ayva irgendwie zu retten. Sie musste in ihren jungen Jahren schon einiges durchgemacht haben. Er wünschte sich, sie würde auch noch die vielen schönen Seiten eines Menschenlebens kennenlernen. Nachdem was Rayko eben gesehen hatte, zweifelte er nicht daran, dass wenn dann Aelion es war, der Ayva noch helfen konnte. Kaum zu glauben, dass er sie beinahe getötet hatte. Ein letztes Mal musterte er den Nordmann. Konnte es am Ende er gewesen sein, der mit dem Seelengebieter gekämpft hatte? Hatte Toyan in seinem Brief von ihm gesprochen? All diese Fragen brannten ihm auf der Zunge, aber ihnen blieb keine Zeit. Er würde es wohl niemals erfahren.

Rayko wandte sich zu seinen Leuten um. Einige wirkten verstört von dem, was sie gerade gesehen hatten. Ihre Kleidung war zerfetzt, die Körper von Wunden übersät und trotzdem sahen sie ihn alle mit hoffnungsvollen Blicken an. Da wurde Rayko klar, dass es noch wichtig war. Er musste sich das Wirken jeglicher Magie verkneifen. Das Gefühl, dass es einer ihresgleichen war, der sie aus diesem Chaos führte, gab ihnen Sicherheit. Rayko ballte seine rechte Hand zur Faust. »Auf zum Fluss!«

Bald erreichten sie den Lazar, doch irgendjemand machte sich an den Booten zu schaffen, die an den Stegen lagen. Damit konnte man schnell von einem Teil Vardars in einen anderen gelangen. Zwar waren diese Boote nicht dafür gedacht, doch sollte es möglich sein, darin die Stadt zu verlassen, wenn sie sich auf eine rasante Fahrt den Berg hinab begeben wollten. Auf keinem anderen Weg würden sie so schnell diesem Chaos entkommen können. Doch scheinbar hatten diese Idee bereits andere gehabt.

»Ihr da!«, schrie Rayko den Männern in den Booten entgegen. Sie waren nur zu zweit und beschlagnahmten fünf Boote, von denen drei nur mit Gold gefüllt waren. Was bildeten sie sich nur ein? »Im Namen der Stadtwache! Werft sofort all das Gold ins Wasser, hier gibt es noch Menschen, die aus der Stadt gebracht werden müssen!«

Der Größere von ihnen hob eine Fackel und drehte sich zu ihm herum. Sein langes, braunes Haar wurde ihm in sein bärtiges Gesicht geweht, doch die dunkelblauen Augen stachen daraus hervor und starrten ihn an. Zwei geflochtene Zöpfe baumelten an seinen Schläfen. Jetzt drehte sich auch der andere um und grinste ihm schief entgegen. Das waren Haldîr und seine rechte Hand.

»Ich glaube«, sagte Haldîr in bestimmendem Ton, »ich nehme lieber das Gold mit mir.« Mit dem letzten Wort warf er seine Fackel in eines der Boote, das noch leer am Steg lag. Sofort ging es in Flammen auf und hüllte auch das danebenliegende ein. Binnen weniger Augenblicke brannten alle verfügbaren Boote. Dann nahm er seinen Bogen vom Rücken.

Rayko blickte sich um. Warum waren keine Schützen unter seinen Wachen? Er riss dem Mann neben sich seinen Speer aus der Hand und schleuderte ihn Haldîr entgegen. Im letzten Moment zog der Nordmann seinen

Kopf ein. Die Waffe flog über ihn hinweg und versank im Wasser. Er lachte. Hilflos musste Rayko dabei zusehen, wie der Nordmann mit seiner verrückten Begleitung die Stadt durch das Flusstor verließ.

Verzweifelt sank er erneut auf die Knie und vergrub das Gesicht in den Händen. Ein stechender Schmerz fuhr in seine rechte Schulter. Er blickte auf und sah einen Pfeilschaft daraus hervorragen. Haldir legte in der Ferne einen weiteren Pfeil an.

An dem Tage, an dem Bathap, Targutensi des Bodens, sich niederlegte und zu ruhen begann, wurde der Grundstein des Seins gelegt. Er wurde zu Erde und Fels, durchströmt von seiner nie endenden Macht, auf dem alles wandelt und gedeiht. Pflanzen, gewachsen durch seine Energie, nähren Mensch und Tier. [...]

Darum sollen am Tage des Bathap ihm Dank und Ehr zuteilwerden. Gesegnet werden soll der Boden, der vom Menschen bestellt und genutzt wird. Ihm sollen Weihgeschenke dargebracht werden, um ihm seine Energie zurückzugeben. Verzichtet werden soll an diesem Tage auf alles, was seine Energie innewohnen hat, um zu respektieren, welch Segen sein Opfer für den Menschen darstellt.

– Ausschnitt aus den Glaubensschriften der
  Tensoren aus Iniat

Jessica Arndt

FREIE KETZERIN

Ein Schrei voller Schmerz am Rande der Stadt Inush wurde durch den Lärm der feiernden Bürger im Zentrum erstickt. Loth schämte sich. Nicht dafür, dass sie in aller Öffentlichkeit Gefühle zugab, die sie seit Jahren versteckt hatte. Sie schämte sich dafür, dass sie nach dem Schock nur Wut und Hass verspürte, keine Trauer, keine Sehnsucht – keine Liebe. In dem Moment, in dem sie Heths leblosen Körper auf dem angrenzenden Dach erblickte, kamen alle unterdrückten Gefühle in ihr hoch.

Sie wusste, warum er sterben musste. Nein, sie wusste, warum er ermordet wurde. Das Zeichen, welches auf seiner Brust eingebrannt war, konnte einer ganz bestimmten Gruppierung zugeordnet werden. Jemand hatte es herausgefunden und ihn dafür bestraft. Sie waren nicht vorsichtig genug gewesen, sonst wäre es nicht an diesem Ort passiert. Sie wollten sich treffen, besprechen was die Zukunft bringen soll, doch irgendwer hatte es herausgefunden, irgendwer musste sie verraten haben.

»Loth?« Eine zaghafte Frauenstimme riss die Angesprochene aus ihren Gedanken. Es war Marin, die ebenfalls zu ihrem Treffen hatte kommen wollen. Loth sah, wie sich das Entsetzen in ihren Augen ausbreitete, als sie die Leiche auf dem angrenzenden Dach erblickte. »Was ist passiert?«, fragte sie und schlug ihre Hände vor den Mund.

»Siehst du das nicht?«, fragte Loth erzürnt. »Heth ist tot. Einer dieser engstirnigen Alten wird ihn umgebracht haben.« Die letzten Worte brachte sie nur noch mit erstickter Stimme hervor und Tränen der Wut brannten ihr in den Augen. Marin wollte sie in den Arm nehmen, doch Loth wich zurück. »Fass mich nicht an! Warum sollte er ausgerechnet hier liegen, wenn nicht jemand unser Geheimnis verraten hat? Wie sonst hätten sie von uns erfahren sollen? Wem kann ich noch vertrauen?«

»Loth. Ich war's nicht. Und Ramsud auch nicht. Beruhige dich!«

»Wie bitte? Ich soll mich beruhigen? Wie soll ich mich denn beruhigen? Er liegt dort, tot, Marin. Tot! Wir hatten unser ganzes Leben noch vor uns, und jetzt? Einer dieser starrköpfigen Glaubenskrieger hat uns all das kaputt gemacht. Das werden sie büßen!« Loth drehte sich um und stürmte über die Dächer in Richtung Zentrum. Zum Glück standen die Häuser Wand an Wand, so dass es ein Leichtes für sie war, schnell überall hinzugelangen.

Je näher sie dem Stadtzentrum kam, desto lauter schlug ihr der Lärm der Feierlichkeiten entgegen. Loth hatte sich nicht daran beteiligt. Schon lange glaubte sie nicht mehr daran, dass all ihr Handeln durch Naturgeister und höhere Wesen bestimmt war, denen sie danken oder Ehre erweisen musste, damit sie besänftigt und positiv gestimmt wurden. Ganz anders, als der Großteil ihrer Mitbürger - zu ihrem Leidwesen.

Gerade in diesem Moment fanden die Feierlichkeiten der Tensoren und den Glaubensgruppen statt. Es war der perfekte Zeitpunkt für ein Treffen gewesen, von dem niemand erfahren sollte.

Loth verlangsamte ihren Schritt, als sie das Dach der Glaubenshalle erblickte. Sie war eines der größten Gebäude, welches neben dem Herrschersitz des Padishas lag. Wie alle Gebäude in Inush waren die Eingänge auf dem Dach und je nach Größe des Raumes nur durch Leitern oder Treppen innerhalb des Gebäudes zu erreichen. Die Zeremonie war schon in vollem Gange, als Loth die enge Treppe hinunterstieg. Von dort aus konnte sie über die Menge in der Halle blicken, dessen Dach von großen Lehmsäulen getragen wurde.

Alle waren gekommen. Der Padisha und seine Frau, die Madisha, mit ihren Kindern, alle Tensoren der Stadt und alle Vertreter der Gläubigen, die noch einen Platz finden konnten. Loth stellte sich an den Rand in den Schatten einer der Säulen und lauschte den Worten des vorsitzenden Tensoren Hapush. Er war in ihrer Stadt der Hauptvertreter der Targutensi und stellte ihren Willen und den Glauben dar, der unter den Stisianern verbreitet werden sollte, wie es auch alle anderen Tensoren in ihren Gemeinden taten. Es war ihr ein Rätsel, warum ausgerechnet dieser Mann mit magischer Begabung gesegnet worden war. Grimmig starrte Loth auf das Zeichen, welches er an einer langen Kordel um den Hals trug und nun vor seiner Brust hin und her schwang, während er voller Inbrunst sprach. Es war das gleiche Symbol einer Flamme, welches blutig auf der Brust ihres Geliebten geprangt hatte.

»Vor allem in einer Zeit wie dieser müssen wir auf unsere Traditionen Rücksicht nehmen wie nie zuvor und unsere Targutensi umso hingebungsvoller ehren, damit sie uns helfen, diese Krisenzeit zu überstehen! So viele fremde Menschen suchen den Weg zu uns. Die Flüchtlinge haben Angst vor einer unbekannten Macht in ihrer Heimat und damit wollen uns unsere Geister etwas zeigen. Vielleicht droht uns das Gleiche wie ihnen und auch uns wird etwas Schreckliches heimsuchen.« Loth verdrehte die Augen, als sie das zustimmende Gemurmel der Menge wahrnahm. »Doch niemand kann beschreiben, was es sein wird. Vielleicht werden wir von den Targutensi für unsere Taten auf ihrem Boden bestraft, vielleicht wollen sie uns testen! Ein Test unseres Glaubens und unserer Zugehörigkeit! Wir dürfen uns von unserem eigenen Weg nicht abbringen lassen, auch nicht von fremden Leuten, die in unser Land einfallen. Wir sind Stision. Und vor allem sind wir das starke Stammesfürstentum Iniat, wir sind eins und das werden wir auch immer sein!«

Loth verstand nicht, wie man solche Lehren verbreiten konnte. Warum hörten die Leute nur auf diesen Blender und merkten dabei nicht, dass er nur an sich dachte? Er stellte die Flucht der Menschen als etwas Schlechtes und als Strafe dar, nur aus Angst vor ihnen. Angst, seine Macht durch die sich verschiebenden Verhältnisse zu verlieren. Und all das, was nicht zu seinen Vorstellungen passte, wurde solange verdreht, bis es sich irgendwann einfügte. Seine Anhänger folgten ihm blind.

»Jetzt lasst uns unseren Boden ehren, wie wir es jedes Jahr tun. Oh Bathap, großer Geist unserer Erde. Wir ehren dich und erbitten deinen fruchtbaren Segen für das nächste Jahr!« Er legte eine Pause ein und betrachtete die versammelte Gemeinde, welche im Stillen seinen Worten gelauscht hatte. »Nun kniet nieder und werdet eins mit der Erde unter euren Füßen, um...«

»Bravo!«, rief Loth und klatschte laut in die Hände. Alle Köpfe schnellten nach hinten und fixierten sie, nachdem sie die andächtige Stille gestört hatte. Loth trat aus dem Schatten der Säule und stand nun so, dass alle sie sehen konnten. Tensor Hapushs Augen verengten sich, als er sie erblickte. Niemand hätte es gewagt, ihn inmitten einer so wichtigen Zeremonie zu unterbrechen. Erst recht hatte es niemand von Loth erwartet. Ihr Vater war ein wichtiger Vertreter in ihrer Glaubensgemeinde.

Niemand wusste, dass Loth anders dachte. Es hatte sich auch niemand dafür interessiert, was sie dachte, nicht einmal ihre Eltern. Also hatte sie mit Heth zusammen im Geheimen gearbeitet. Bis heute.

»Was hat das zu bedeuten, Loth?«, empörte sich Hapush. »Du weißt, wie wichtig die Zeremonie für unsere Gemeinschaft ist.«

»Falsch! Nicht die Gemeinschaft ist dir wichtig, sondern du und dein Pack! Wen hast du beauftragt es zu tun? Wer von euch hat ihn umgebracht?« Die Menge fing an zu murmeln.

Tensor Hapush schaute sie verwirrt an. »Wen sollen wir umgebracht haben?«

Loth lachte spöttisch auf und hob die Arme. »Natürlich weißt du auf einmal nichts mehr. Aber ich weiß, dass er euch ein Dorn im Auge war. Er stahl euch eure kostbaren Gefolgsmänner. Ihr hattet Angst davor, eure Macht über die Gemeinschaft zu verlieren. Du bist kein Vertreter der Targutensi. Du bist ein gieriger, machthungriger...«

»Loth!«, schnitt ihr die Stimme ihres Vaters den Satz ab. »Wage es ja nicht weiterzusprechen!« Er stand auf und schritt durch die Menge der Gläubigen, die ihm stumm Platz machten.

»Natürlich! Dass dir das nicht passt, war mir von Anfang an klar, Vater«, giftete sie ihn an. Loth war schon seit einigen Jahren nicht mehr gut auf ihren Vater und ihre ganze Familie zu sprechen. »Nur kein Aufsehen erregen, nicht auffallen und den Weg des geringsten Widerstandes nehmen.«

Als ihr Vater sie erreichte, packte er sie fest am Arm und wollte sie zum Ausgang zerren. »Wir gehen jetzt und du schweigst, bis wir zu Hause sind!«, presste er zwischen zusammengebissenen Zähnen hervor.

»Nein! Ich möchte wissen, wer von euch Heth umgebracht hat!« Das langsam aufwirbelnde Gemurmel verstummte bei ihren Worten abrupt.

»Sei vorsichtig mit solchen Anschuldigungen«, zischte ihr Vater ihr ins Ohr und versuchte, sie weiter zur Treppe zu zerren.

Loth riss sich los und schaute ihren Vater wütend an. »Ich will es wissen, es war einer von seinen Leuten!«, schrie Loth und deutete auf Tensor Hapush.

Dieser sah immer verärgerter aus. »Niemand von meinen Leuten würde jemanden umbringen.«

»Es war einer von euch! Ihr habt euer Zeichen auf ihm hinterlassen. Eure Flamme blutet auf seiner Brust und das nur, weil er anders dachte als ihr!« Tränen der Wut stiegen in ihre Augen.

Ein trauriges Lächeln stahl sich auf das Gesicht des großen Tensoren. »Ich verstehe deine Trauer um den Verlust eines geliebten Menschen, aber ich muss dich leider enttäuschen. Auch wenn es sehr in euer Weltbild passen würde, dass es einer meiner Glaubensbrüder oder –schwestern war, solche wilden Beschuldigungen dulde ich nicht ohne triftigen Beweis!« Ihm folgte zustimmendes Gemurmel seiner Anhänger. Doch es gab auch Andersdenkende.

»Sagte sie nicht, dass die Leiche des Toten euer Zeichen trägt?«, erhob Tensor Hedin das Wort. Er gehörte einer anderen Glaubensgemeinschaft an, die aber nicht weniger veraltete Ansichten vertrat, wie die des Hapush. Er nutzte jede Gelegenheit gegen ihn zu wettern.

»Und was hindert andere Leute daran, dieses Zeichen zu hinterlassen, um sicherzugehen, dass wir beschuldigt werden?«, erwiderte Tensor Hapush und ballte seine Fäuste.

»Wir sollten uns alle beruhigen und uns der Wahrheit durch die Fakten nähern«, meldete sich Tensorin Redon zu Wort. Der Blick aus ihren eisblauen Augen, mit dem sie Loth bedachte, bohrte sich tief in ihre Seele.

»Nein! Ich dulde das nicht. Mit eurem Verhalten erzürnt ihr nur unsere Geister, die wir am heutigen Tage ehren sollten! Das wird noch Konsequenzen haben, hört auf meine Worte! Und jetzt lasst uns-« Tensor Hapush verstummte in dem Moment, in dem sich für sie alle die Welt ändern sollte.

In der Glaubenshalle brach Chaos aus. Ein Beben,

wie es die Menschen in Stision noch nie gespürt hatten, erschütterte ihre Welt. Die Wände und Säulen bekamen Risse, der Lehm bröckelte von der Decke und Loth konnte sich nur mit Mühe auf den Beinen halten. Sie wurde von ihren Instinkten übermannt. Raus hier! Sie stürmte zur Treppe zurück.

Die ganze Gemeinschaft suchte verzweifelt nach einem Weg nach draußen. Loth hatte Glück, dass sie direkt am Eingang stand und somit eine der ersten war, die sich auf das Dach retten konnte. Die Menschen in den umliegenden Gebäuden, die zu Hause gefeiert hatten, flüchteten ebenfalls auf die Dächer. Was war hier nur los?

Tensor Hapush hastete auf der anderen Seite des Gebäudes die Treppe hinauf und stieß dabei einige der Gläubigen zur Seite. »Bathap!«, rief er wie in einer Beschwörung über den Lärm des Bebens und streckte seine Arme gen Himmel. »Das ist die Wut des Bathap! Er spricht zu uns! Sein grollender Zorn sucht uns heim! Und das nur, weil wir ihm keinen angemessenen Dank entgegengebracht haben. Das ist unsere Strafe. Und sie ist daran schuld!« Er deutete mit irren, funkelnden Augen auf Loth, die wie versteinert auf dem Dach stand und über die Stadt blickte.

Das konnte nicht sein. So etwas würde Bathap ihr, nicht antun, sollte es ihn wirklich geben. Oder doch? Hatte sie ihn wirklich verärgert, bebte die Erde nur wegen ihres Hasses, waren so viele Menschen gerade wegen ihr in Gefahr? Es war schon vorgekommen, dass ihnen die Targutensi bei falschem Verhalten Zeichen geschickt hatten, aber nie in solch einem Ausmaß. Häufig waren es zornige Lichter, die ihnen aus dem Himmel geschickt wurden, oder stürmische Winde, die frisch aufgebaute Baustellen hinfortwehten, damit sie diese an einer besser geeigneten Stelle wieder errichteten. Zumindest wurde es von den Bürgern in Inush so ausgelegt. Nie zuvor wurde die ganze Stadt für den Fehltritt eines Einzelnen bestraft und wer sagte, dass damit ihr Fehltritt gemeint war? Vielleicht wurden endlich Hapushs Machenschaften bestraft.

Jemand zerrte an Loths Arm und zog sie vom Geschehen weg. Weg von dem Chaos, der Angst, dem Zorn. Überall waren Schreie. Leute suchten nach Vermissten, ein Haus war eingestürzt, eine Frau weinte. Wie in Trance ließ sich Loth wegzerren.

*

»Was hast du dir nur dabei gedacht?«, brüllte ihr Vater sie über den Lärm um sie herum an. Natürlich war es ihr Vater gewesen, der seine ungezogene Tochter vor den Blicken der Anwesenden weggezogen hatte. Nur kein Aufsehen erregen, keine Widerworte, dem Ärger aus dem Weg gehen und ihn ruhen lassen. Das war ihr Vater. »Hast du überhaupt einmal darüber nachgedacht, was du getan hast? Begreifst du eigentlich, was du angerichtet hast? Du hast uns alle mit deiner Unbedachtheit ins Verderben gestürzt!«

Loth riss sich abermals aus seinem Griff. »Woher willst du wissen, dass das hier alles meine Schuld ist? Die Bestrafung trifft die ganze Stadt. Wieso werden wegen meines Fehltritts auch andere bestraft?« Immer war sie an allem schuld. Die Welt ging unter und sie war schuld! »Vielleicht gefällt euren Geistern etwas ganz anderes nicht. Seit Jahren diskutiert ihr unter euren Glaubensgruppen, wer recht damit hat, was mit uns passieren wird. Einige wollen die Macht eines ankommenden Targutensis spüren, andere meinen die Flüchtlinge wären unser Untergang und wieder andere glauben, dass wir das auserwählte Land sind, weswegen so viele Menschen zu uns geschickt werden. Was ist, wenn das alles überhaupt nicht zutrifft, wenn unser Glaube einfach sinnlos ist? Vielleicht gibt es gar keine Targutensi oder irgendetwas anderes Mächtiges, das auf uns herabblickt und uns kontrolliert und das, was gerade passiert, kann einfach nicht erklärt werden? Oder es hat einen ganz anderen Grund?«

»Hör auf! Hör endlich auf mit diesem Schwachsinn!« Die Stimme ihres Vaters überschlug sich. »Heth hat dir bei euren Treffen irgendwelche Geschichten erzählt und Dinge in den Kopf gesetzt. Du glaubst das doch nicht wirklich!« Immer mehr Menschen um sie herum versuchten die Ränder der Stadt zu erreichen und sich in Sicherheit zu bringen.

»Mir hat niemand etwas in den Kopf gesetzt! Falls es dir nicht aufgefallen ist, ich kann eigenständig denk-« Mitten in ihrem Gedanken stoppte Loth. Woher wusste ihr Vater von den Treffen?

»Du warst es?« Auf Loths Gesicht war nur noch Entsetzen zu lesen. Sie wich einige Schritte vor ihrem Vater zurück. »Du hast ihn getötet!«

»Natürlich war ich es.« Loth konnte nicht glauben, was sie da hörte. Die Gleichgültigkeit, mit der ihr Vater sprach, jagte ihr Angst ein. »Das habe ich doch nur für dich getan! Ich konnte doch nicht zulassen, dass er dich weiter mit seinem Gedankengut verpestet und dich in Gefahr bringt. Es ging nicht anders, ich musste dem ganzen ein Ende setzen, bevor es zu spät dafür war!«

Angewidert schaute sie in das so vertraute Gesicht ihres Vaters, doch erkannte es nicht wieder. »Zu spät? Zu spät wofür? Du hattest doch einfach nur Angst davor, dass er mit seinen neuen Ideen zu viele Leute inspiriert, ebenfalls anders zu denken. Dass ihr in euren alten und engstirnigen Glaubensgemeinschaften Macht und Ansehen verliert. Dir geht es dabei doch gar nicht um mich. Du bist dir schon immer am nächsten gewesen!« Loth zitterte am ganzen Leib und atmete schwer. »Heth hingegen war der Einzige, der alle akzeptiert hat. Egal an was man glaubte, egal wie man den Glauben auslegte, jeder war willkommen. Der Hass, den ihr untereinander hegt, war ihm fremd. Er glaubte immer fest daran, dass allen irgendwann die Augen geöffnet werden und wir nebeneinander leben und glauben könnten.«

Die Gedanken an ihren toten Geliebten jagten ihr einen stechenden Schmerz durch die Brust. »Doch dir ist so etwas wie Toleranz fremd! Euch hat nie interessiert, was ich dachte oder wollte. Für euch war immer klar, dass ich euch stumm und blind folgen werde, egal was ihr tun würdet. Ich war gefangen, nie durfte ich frei entscheiden was ich tun wollte. Immer war mein Tun durch euch, oder mir auferlegte Glaubensregeln bestimmt. Doch so bin ich nicht, so war ich nie und so will ich auch nie sein!«

»Loth«, versuchte ihr Vater sie zu besänftigen, doch seine Augen verrieten ihn. In ihnen schimmerten Hass und die Gier nach Macht. Er wollte ihre Hände greifen, doch sie ließ es nicht zu und stieß ihn von sich. Dann passierte alles ganz schnell.

Das Beben hatte nicht nachgelassen. Noch immer war es schwer, sich auf den Beinen zu halten. In dem Moment, als sie ihren Vater zurückstieß, stolperte er rückwärts auf das angrenzende Dach, welches unter seinem Gewicht ächzte. Mit einem lauten Knacken gab es nach.

Vorsichtig trat Loth an die Kante und blickte hinab auf ihren Vater. Er konnte sich mit einer Hand festhalten. Doch für wie lange noch? Unter ihm nur Leere.

»Loth bitte, hilf mir! Hilf mir hoch, bitte!«, flehte ihr Vater. Die Angst in seiner Stimme war nicht zu überhören. Doch Loth spürte kein Mitleid. Dieser Mann unter ihr war nicht ihr Vater. Er war ein machtbesessener, gieriger Mann, der um seinen Tod fürchtete. »Bitte«, wimmerte er armselig.

»Mal sehen, wie wichtig du deinen Geistern bist.« Mit diesen Worten drehte Loth sich um und überließ den alten Mann seinem Schicksal.

*

Drei Tage und Nächte wütete das Beben, bis die Erde plötzlich zum Stillstand kam. Die Stadt wirkte wie ausgestorben. Viele waren geflohen, aus Angst, ihre Häuser würden über ihnen zusammenbrechen. Es entstanden Lager, um die Verletzten zu versorgen und sich gegen die Kälte der Nacht zu schützen. Loth beobachtete, wie sich die ersten Menschen wieder in ihre Wohnungen trauten, um festzustellen, wie viel Schaden diese Katastrophe angerichtet hatte. Die meisten jedoch warteten ab, wie lang der Frieden währen würde.

Das Geschehen in der Glaubenshalle kurz vor dem großen Beben verbreitete sich wie ein Lauffeuer unter den Bürgern von Inush. Wenn Loth Glück hatte, wurde sie in Ruhe gelassen, doch viele zeigten ihr, was sie von ihr hielten. Oft beließen sie es nicht nur bei Worten. Andere mieden sie einfach nur, weil sie dachten, es würde Unglück bringen, in ihrer Nähe zu sein.

Nachdem ihre Mutter und ihre Brüder sie vertrieben hatten, da sie ihr die Schuld für ihren verschollenen Vater gaben, hatte sie sich zurückgezogen. Man gab ihr für alles die Schuld. Für die Verletzten, die Toten, den Schaden, das ganze Chaos. Selbst Marin und die anderen aus Heths Glaubensgruppe trauten sich nicht, in aller Öffentlichkeit in ihrer Nähe zu sein, damit sie nicht mit ihr in Verbindung gebracht wurden. Sie konnte es ihnen nicht einmal verübeln, immerhin schützten sie so nicht nur sich, sondern auch ihre Familien. Es wunderte sie, dass sie noch auf freiem Fuß war und nicht sofort wegen ihres Verhaltens bestraft wurde. Vermutlich hatte sie das dem Chaos zu verdanken.

Loth hielt sich in den nächsten Tagen bedeckt. Zum Glück waren alle damit beschäftigt, den Schaden zu begutachten und die Stadt wieder aufzubauen, statt sich mit ihrer Strafe auseinanderzusetzen. Sie würde irgendwann zur Rechenschaft gezogen werden und das hieße den Tod für sie.

✳

Sie konnte bei Marin und ihrem Mann Ramsud im Geheimen unterkommen. Loth dankte ihnen dafür, dass sie so ein Risiko auf sich nahmen, aber Marin wollte nicht, dass sie auf den Dächern oder in den schmalen Gassen hausen musste und so der Gefahr ausgesetzt wäre. Die beiden lebten am Rande der Stadt, wo es hoffentlich niemandem auffallen würde. Auch hielt sich der Schaden in ihrer Wohnung in Grenzen, denn die Häuser außerhalb hatten weniger davongetragen, als die im Zentrum.

»Wird sich jemals etwas ändern?«, fragte Loth traurig, während sie Marin dabei half, Risse in den Wänden mit Lehm zu reparieren. »Ich meine, wird es irgendwann einmal eine Zeit geben, in der die Menschen keine Angst vor einer höheren Macht haben? Du siehst es ja schon an meiner Familie: ihr Glaube ist stärker als das Blut. Und warum das Ganze? Aus Furcht! Furcht vor etwas größerem. Einer höheren Macht. Niemand weiß, ob es so etwas überhaupt gibt. Hätte sich uns nicht längst jemand offenbart?«

Marin seufzte. »Ich weiß es nicht. Die Großen und Mächtigen halten nichts von Veränderung, das solltest du am besten wissen. Sie sitzen auf ihrer Macht und ihrem Einfluss und haben Angst davor, all das zu verlieren. Was können wir da machen außer hoffen, dass sich alles zum Guten wendet?«

Trotz der Umstände sah Marin so glücklich und mit sich zufrieden aus. Sie hatte vor kurzem geheiratet und zusammen war das frische Ehepaar in diese neue Wohnung gezogen. Loth verstand nicht, dass sie immer noch so positiv denken konnte, bei all dem was passiert war. Sie hatte schließlich auch nicht ihren Mann verloren. Als Loth dieser verbitterte Gedanke bewusst wurde, hasste sie sich im selben Augenblick dafür.

»Wie kannst du da noch hoffen? Es ist doch alles

falsch gelaufen. Anstatt dass uns mehr Leute zuhören, werden wir gemieden und wie Aussätzige behandelt. An all dem hier bin ich schuld.« Sie ließ die Schultern hängen und schaute auf ihre Füße. Glaubte sie es nun also auch selbst?

»Ich weiß, dass du nicht die Schuld an unserem Elend trägst.« Marin lächelte sie an und legte eine Hand auf ihre Schulter.

»Wie kannst du dir da so sicher sein?« Verzweiflung machte sich in ihr breit.

»Ganz einfach. Selbst in dem veralteten Weltbild der Targutensi würde es einer der Geister nicht wagen, die Schuld eines einzelnen auf die Schultern vieler zu lasten. Das heißt, gibt es sie doch, wird es einen anderen Grund für Bathaps Handeln geben.«

Loth schaute auf. »Meinst du wirklich?«

»Glaube an das, was du bist und was du weißt und nicht, was dir irgendjemand anderes aufzwingen will. Genau das hat Heth uns doch beigebracht, oder nicht?« Marin legte ihren Spatel beiseite und blickte Loth aufmunternd an. »Halte sein Andenken in Ehren, indem du genauso handelst! Sei frei in deinen Gedanken und deinem Handeln. Wenn wir jetzt aufgeben, dann war alles umsonst.«

Loth nickte. »Das Denken anderer soll dich auf deinem Weg nicht beirren.« Das hatte Heth immer gesagt.

Loth nahm ihr Gegenüber fest in die Arme. »Danke«, murmelte sie kaum wahrnehmbar und fing das erste Mal an, um Heth zu weinen.

Sie hatte zu wenig Zeit mit ihm gehabt und ihr war durch das Beben die Möglichkeit genommen worden, sich von ihm zu verabschieden, weil seine Leiche durch das entstandene Chaos entweder verschüttet oder von irgendjemandem anderweitig entsorgt worden war. »Wie soll ich ihm jetzt je ‚Leb wohl‘ sagen?«, fragte sie und versuchte mit ihren Händen die Tränen von ihren Wangen zu wischen.

»Verstehst du denn nicht?«, fragte Marin und strich ihr über die Arme. »Das muss kein Abschied werden. Sein Denken und Wirken kann durch uns weiterleben. Wenn wir seinen Weg der freien Gedanken, der Logik und der Unbestimmtheit des Lebens weiterführen, dann bleibt er für immer unter uns. Jeder soll sein eigenes-«

»Marin! Loth, das solltet ihr euch ansehen!«, rief Ramsud, der flink und ungeschickt die Leiter herunterpolterte.

»Was ist passiert?«, fragte Marin besorgt, bevor sie ihrem Mann zur Begrüßung einen Kuss auf die Wange gab. Loth fühlte sich unwohl.

»Gestern Nacht sind Leute aufgetaucht, die behaupten, sie wüssten woher das Beben gekommen ist! Es gibt eine große Debatte am Hafen. Einige behaupten sogar schon, es seien Auserwählte, die zu uns geschickt wurden, um unsere Sünden zu verkünden. Man erzählt sich von Propheten und Offenbarung.« Ramsud redete sich in Rage, als er versuchte sich an alles zu erinnern.

»Ramsud! Ganz ruhig, beruhig dich!« Marin sah besorgt und ratlos zu Loth.

»Ich will mir das ansehen!«, meinte sie entschlossen und wollte sich an Ramsud vorbeischieben.

»Meinst du nicht, dass das zu gefährlich sein könnte? Was ist, wenn den hohen Herrschaften plötzlich einfällt, dass du ihnen noch etwas schuldig bist?«

»Sollen sie mich doch bestrafen! Aber ich habe keine Lust mehr, mich zu verstecken! Vor allem nicht, wenn jemand gekommen sein soll, der angeblich beschreiben kann, was passiert ist. Du hast gesagt, dass ich endlich frei handeln kann, und die Zeit dafür ist jetzt für mich gekommen! Ich will endlich frei sein!« Bei diesen Worten sah Loth merkwürdig traurig aus.

»Wir kommen mit«, meinte Marin eindringlich und folgte Loth auf das Dach.

Der Hafen lag im Zentrum der Stadt, wo diese durch einen Fluss in der Mitte geteilt wurde. Hier gab es viele Anlegestellen für die kleinen Fischerboote. Dort bot sich den drei Neuankömmlingen ein merkwürdiger Anblick.

Es hatte sich bereits eine große Menschentraube gebildet, anscheinend hatte sich auch diese Nachricht rasend schnell verbreitet. Selbst auf der anderen Flussseite versuchte eine Menge an Menschen mitzubekommen, was hier vor sich ging.

An den Stegen waren einige Fischerboote festgetaut, die nicht aus Stision stammten. Einige von ihnen waren randvoll beladen, Loth konnte aber die Waren nicht genau ausmachen. Vor den Booten auf dem Steg standen zwei wild aussehende Männer. Sie hatten lange Haare und Bärte und trugen Felle mit sich, die sie bereits abgelegt hatten. Die Stisianer waren diesen Anblick mittlerweile gewohnt, schließlich hatten sie über die letzten Jahre viele dieser Leute aufgenommen. Neben ihnen, auf einer Frachtkiste stehend, predigte Tensor Hapush laut. Währenddessen wurde die Fracht aus den Booten von einigen Hafenarbeitern abgeladen. Jetzt erkannte Loth auch, dass es sich um Schätze handeln musste, die die angeblichen Propheten mitgebracht hatten.

»Es ist ein Wunder, dass dieser edle Mann heute vor uns steht. Er ist Bathap von Angesicht zu Angesicht begegnet, spürte seinen Zorn, hörte sein Grollen und nun ist er hier, um uns die Offenbarung des Bathap mitzuteilen. Sprich zu uns Haldîr Ârnonsson, Prophet des großen Bebens, und teile uns mit, was dir aufgetragen wurde!«

Das stetige Gemurmel der Schaulustigen verstummte jäh voller Erwartung. Loth wollte diese Situation nicht wahrhaben. Natürlich nutzte Tensor Hapush alles aus, um seinen Glauben auslegen zu können. Sie war gespannt, was der Fremde zu sagen hatte. Dieser trug mehrere Zöpfe in seinen ungebändigten, braunen Haaren und irgendetwas an seiner Erscheinung ließ Loth Abneigung verspüren.

»Einer göttlichen Macht ins Auge zu blicken kann für jedermann nur ein Segen sein«, fing der Nordmann an. Loth kannte diesen Dialekt, immerhin lebten seit einigen Jahren viele Menschen unter ihnen, die aus weit entlegenen Ländern kamen. Sie musste sich aber trotzdem anstrengen, um jedes Wort zu verstehen.

»Doch ist es gleichzeitig ein Fluch! Meines Landes beraubt, musste ich mit ansehen, wie eine ganze Stadt entzweibrach. Ich verlor meine Frau und mein ungeborenes Kind. Das Einzige, was mir bleibt, ist die Erinnerung an diesen schicksalhaften Moment und meine Fracht, als Erinnerungen der Vergangenheit. Es fing mit einem Beben an, aus dem Nichts erschien Gestein, Felsen stiegen langsam empor und erschütterten den Boden, auf dem wir standen. Die Erde bäumte sich unter uns auf. Das Einzige was uns blieb, war die Flucht mit den Schiffen. Das Beben und Grollen fand kein Ende und in unserem Rücken türmte sich das Gebirge immer weiter auf, immer höher, immer größer. Wir ließen uns einige Zeit auf dem Fluss führen, durch den Urwald, bis wir Bauten dieser Stadt erblickten!« Die Menschenmenge hörte ihm gebannt zu.

»Hört, Bürger von Inush, dieser Mann hat Bathap gespürt. Wir alle haben ihn gespürt. Für drei Tage und Nächte wütete er unter der Erde, auf der wir stehen. Und dort, wo unser Prophet Zeuge war, hat er sich aufgebäumt, sein Rückgrat wird auf ewig zu sehen sein und uns daran erinnern, was geschehen ist!«

Loth kochte vor Wut. »Wer sagt denn, dass dieser Fremde überhaupt die Wahrheit sagt? Vielleicht will er sich einfach mit einer guten Geschichte noch mehr Geld verdienen? Welcher Prophet reist mit Kisten voller Gold über Flüsse, sieht eine Stadt untergehen, kann aber niemanden retten, nichtmal seine Frau?«, rief sie verärgert über die Szenerie. Getuschel der umstehenden Menschen setzte ein. Überraschenderweise stimmten ihr sogar einige zu, doch viele schauten sie entsetzt oder angewidert an.

»Loth, natürlich! Ich hätte mit dir rechnen müssen.« Tensor Hapush lächelte kalt. »Aber gut, dass du endlich aus deinem Loch gekrochen kommst und dich deiner Verantwortung stellst. Dieser Mann ist Beweis genug für deinen Fehltritt. Mit deinen ketzerischen Behauptungen hast du Verderben über uns alle gebracht und einer unserer verehrten Targutensi hat sich unter Schmerzen gegen diese Welt aufbäumen müssen! Du wirst zur Verantwortung gezogen und für deine Taten büßen!«

»Ich werde gar nichts! Ich stehe zu meinem Wort, zu meinen Gedanken und zu meinem freien Glauben.

Du kannst niemandem vorschreiben, was man tun oder lassen soll. Wir sind als freie Menschen auf diese Welt gekommen und werden auch als solche wieder gehen, das glaube ich! Niemand bestimmt über mich, nicht du, nicht irgendwelche Geister oder Götter oder irgendetwas Übermächtiges. Ganz allein ich bestimme was ich tue!«

Loth zog ein Messer. »Und wenn ich es hier nicht kann, dann wenigstens in meinem Tod!« Dies waren Loths letzte Worte.

Sie hatte Heth enttäuscht. Sie konnte sein Leben auf dieser Erde nicht fortsetzen, andere würden es vielleicht tun, aber nicht sie. In diesem letzten Moment war sie frei, das erste Mal in ihrem Leben.

DIVOISIA

Wenn dir die Geschichten um Ayva, Rayko und Loth gefallen haben, darfst du dich freuen, denn das war erst der Anfang.

Wir sind ein siebenköpfiges Team, das an einer großen Fantasywelt namens Divoisia bastelt. Seit vielen Jahren entwerfen wir ganze Völker mit unterschiedlichsten Kulturen und Charakteren, überlegen uns in seitenlangen Chroniken, was sie erlebt und wie sie Divoisia verändert haben und versuchen uns sogar an komplett neuen Sprachen.

Mittlerweile haben wir einen Punkt erreicht, an dem wir auch Fremde in unsere Welt entführen können. Deshalb arbeiten wir bereits an Projekten, die das ermöglichen sollen. Schon 2019 wird eine Sammlung der Geschichten erscheinen, die weiterführen, was hier nur begonnen hat.

divoisia.de

instagram.com/divoisia

youtube.com/divoisia

facebook.com/divoisia

patreon.com/divoisia